책과함께

붓 가는 대로

송영달 지음

아무리 내가 나 자신을 생각해도 나는 시인이 아니다. 시를 쓰자고 생각하고 앉아서 시를 써본 적도 없고, 어느 잡지나 신문에 응모해 본 적도 없고, 더구나 누구처럼 시인으로 등단했다고 할 만할 계기도 없었다. 그렇다고 넓은 의미에서라도 내가 문인으로서의 이력도 없다. 지금 생각하면 연세대학교의 〈연세춘추〉라는 교지에 무엇을 썼던 생각은 나지만, 그것이 작품 수준은 아니었고, 이제는 전혀 기억에도 없다.

그러면서도 이렇게 적은 수의 글을 책으로 내려는 까닭은 무엇인가? 사실 나도 잘 모르겠지만, 조금 남아 있는 자기 자신에 대한 미련이라고 막연하게 이야기할 수밖에 없을 듯하다. 평생을 학생으로, 대학 교수로 책들을 가까이 두고 지낸 덕에 활자화된 다른 사람들의 생각과 감정을 접하며 살았던 탓인지도 모르겠다. 나도 모르게 무엇인가 끄적이며 생각과 감정, 감성을 적어 놓곤 했다. 무슨 계획이나 목적이 있었던 것은 전혀 아니다. 이제 나이 90을 바라보게 되었으니 정리해야지, 정리해야지 하고 생각하게 되었다. 그래서 옛 기록들을 뒤적이다가 오늘 이렇게 단행본으로 만들면 어떨까 하는 생각이 들었을 따름이다. 여기 실린 글들은 나의 생각과 감정을 그야말로 붓 가는 대로 숨김없이 적어 놓았던 것을 주섬주섬 모은 것이다.

누군가가 읽어 보았으면 하는 바람은 있다. 읽은 사람이 긍정적으로 이해하고 고개를 끄덕여 주었으면 하는 바람이 있다. 나의 가족과 지인이 그러기를 바라기도 하지만, 우연히 서점에 들렀다가 호기심에 사서 펼쳐보는 전혀 모르는 사람이라도 좋겠다.

책에 적은 글과 생각들은 들꽃들의 씨앗 같은 게 아닐까 생각해 본다. 꽃은, 특히 야산에 피는 수많은 야화野花들은 수도 없이 많은 씨앗을 만들어 바람에 날려보낸다. 대개는 그냥 어디엔가 떨어져 썩어 버리고 만다. 그중에 아주 적은 수가 다행히 좋은 땅에 떨어져서 뿌리를 내리고, 자라서 다시 꽃을 피울 것이다. 어떤 책은 나오는 즉시 많은 사람에게 읽히고 영향을 주지만, 몇십 년 동안, 나아가 영원히 알려지지 않는 책도 무수하다. 모든 것이 그렇게 되기 마련이지만, 그런 줄 알면서도 우리는 우리 작은 마음의 움직임을 기록으로 남겨두고 싶은 욕망이 있는 것이다.

내가 책으로 만들겠다는 목적을 세우고 조직적으로 만들어 낸 글도 아닌 만큼, 이 책의 순서도 별다른 의미를 지니지 않는다. 시대적으로 쓴 것도 아니고, 내용적으로 묶은 것도 아니다. 그저 되어 가는 대로 했을 뿐이다. 마음대로 넘기며 읽어도 좋고, 읽다가 내려 놓았다가 다시 다른 페이지를 읽어도 좋겠다.

그냥 글만을 실은 책으로 만들려 하다가, 내가 그동안 수집한 그림들을 같이 싣기로 했다. 조선이 개국을 한 이후 1950년대까지 우리나라를 방문해 우리가 사는 모습을 그림으로 남긴 외국인 화가들, 즉 키스Keith, 밀러Miller, 자쿠레Jacoulet, 세일러Seiler, 하수이 Hasui, 요시다Yoshida 등의 그림이다. 대개 목판화이며 내 수집품 중 일부인데, 외국인의 눈으로 우리를 보았다는 점에서 흥미롭다.

나의 시랄까 산문이랄까를 책으로 만들게 된 데는 두 사람이 공헌을 했다. 한 사람은 성균관대학교 명예교수인 친구 이동준이고, 다른 한 사람은 도서출판 책과함께의 류종필 대표다. 이 교수는 나의 글을 대강 읽었고, 기회 있을 때마다 책으로 출판하라고 권유하곤 했다. 그래서 류종필 대표에게 연락했더니 금세 출판하겠다고 응답을 보내 주었다. 태평양 건너 멀리 계신 두 분의 격려로 지금 이 글을 쓰게 되었다.

2025년 세모에
牛松 송영달 씀

차례

2부 산문

1부 ————

시

들꽃(野花)

거친 들판 어느 곳에

후미진 계곡 한구석에

하다못해 바위틈 사이에

아무도 다가와 나를 귀하다 하지 않는다

아무도 나에게 예쁘다 칭찬해 주지 않는다

아무도 나의 이름을 불러 주지도 않는다

나는

어느 바람결에 불려와

아무도 모르게 하루하루를 살다 살다

아무도 보지 않은 채로

조용히 살아지는 한낱 野花에 불과하다

그래도 나에게도 향기는 있다,

네가 가까이 와 준다면.

그래도 나에게도 나만의 색깔이 있다,
네가 자세히 보아만 준다면.

그래도 나에게도 나만의 모습이 있다,
네가 사랑의 눈으로 보아만 준다면.

비록 잘 가꾸어진 정원의 장미는 아닐지라도
비록 화분 속 화사하게 피어나는 양란은 아니더라도
나는 오늘도 모진 바람을 견디면서
누군가를 기다린다

그가 오면, 나는 나직하나, 자신 있게 말할 거다.
내가 저 모든 정원의 꽃들의 조상이고,
나의 씨앗은 천년을 견디어 낼 것이라고.

변하지 않는 나만의 향기로
변하지 않는 나만의 색깔로
변하지 않는 나만의 모습으로.

꽃은 봄에만 피는 것은 아니다

서리가 내일모레인데도 호박꽃이 피어 있고

붉은 칸나도 아직 화려하고

수줍게 피어나는 사쌍콰는 이제 시작인 듯.

겨울 눈이 차갑게 내려도,

그 속에 피어나는 동백꽃과 군자란도 있고,

봄이 오기 전에도 고개 내미는 수선화랑 매화도 있다.

꽃은 봄에만 피는 것은 아니다.

제 철을 찾아 피는 모든 꽃은 모두가 아름답다.

꽃마다 자기 철이 있는 것이다.

사람도 마찬가지겠지

너무 조급해하지 말자.

Elizabeth Keith.

사랑이 별건가요

사랑이 별건가요
엄마 아빠가 자세히 안 가르쳐 줘도
때가 되면 하게 되는 거지

사랑이 별건가요
국수 한 그릇 먹고
얼마 후엔 배가 남산만큼 불러지는 거지

사랑이 별건가요
산불처럼 타오르다가도
얼마 후에 바람 멈추면 자연히 식는 거지

사랑이 별건가요
없으면 못 사는 것,
있어도 괴로운 것,

사람이면 누구나

하면서 사는 거지

평생을 하면서 사는 거지

울면서 웃으면서

평생 동안

같이 사는 그것이지.

반딧불을 보며

한여름 무더운 밤

시커먼 수풀 헤치고

위로 위로 치솟는 愛 타는

목마름

그러다가 기어이 짝 찾아

질퍽한 칠흑의 계곡에서 마지막 숨을 거둔다 해도

아쉬울 것 없는

반짝임

찰나에 지나지 않는 삶은 결국 허망해도

DNA를 영원으로 전해 주려는 아름다운,

불은 아니라지만, 타오르는

불꽃

화사한 순간을 춤추며

너도, 나도, 우리 모두가

밤하늘을 수놓는 화려한

춤 한가락

여름밤의 유령 같은

반딧불

사랑은영원한

한여름밤의

반딧불

밤에 피던 꽃
— 청계천 悲歌

비좁은 공간에

붙어 앉아

끈적한 미소로 술을 권하던

청계천의 夜花는

이제 승천하여 선녀가 되었는가

아님

오늘 밤에도 이승을 떠나지 못하고

길가의 형광등을 어지러이 싸고도는

恨을 채 풀지 못한

까만 밤의 부나비가 되어 버렸는가

창밖으로 길게 내려 싸던

醉漢의 오줌 줄기는

송어가 헤엄치는

맑은 물이 되어 晝夜로 흐르는데

불 밝은 밤의 서울을 찾아 온

풍요와 사랑의 神들이여

밤마다 피면서 울어야 했던

夜花들의 넋을

이제는

이제는 그만 거두어 주소서.

겨울 꽃(冬柏)

너는

어느

외로운 君主에게

충성을 맹세했던

武士의 넋이었더냐.

무더운 여름에도

반짝이는 초록색 갑옷을

겹겹이 두른 채

묵묵히 버티고 서 있다가

가을바람 한 줄기에

모두가

노랗게

혹은 빨갛게

변심하는 세상을

보면서도 모르는 채
단단히 꽃봉오리를 지키고 서 있다.

눈이 첩첩이 쌓인
겨울 어느 날
변치 않는 충심인 양
노오란 꽃술을, 붉은 꽃잎으로
감싸 안고
차가운 한겨울, 白雪을
무서워하지 않고 피어 오른다.

그러다가도,
서둘러 봄을 부르는
수선화가 한들거릴 때
문득
그 목을
단숨에 탁 떨어뜨리고
땅을 덮는다.

겨울 꽃, 冬柏

너는

맹세한 사랑을 목숨으로 못 지킬 때

유감없이 목을 꺾고

땅으로 내려앉는

꽃 중의 꽃이다.

모래 위에 쓰는 이름

인왕산 돌바위에

천년의 사랑을

손톱으로 피 흘리며

새겨 놓아도

한 오백 년을

다 못 가겠거든

해변을 배회하는

가냘픈 戀心은

하루에도 두 번 씻겨 내리는

모래사장에

그녀의 이름 석 자를 쓰고 있구나.

허망하고 부질없는 짓

빈 조개껍데기나 주워 집으로 가자.

꽃과 바람

꽁꽁 묶어 입었던 겨울 옷을
하나씩 풀고
따듯한 봄날에 기지개 피는
꽃은
바람을 기다린다.

흔들리는 바람결에
메말랐던 나무줄기에 펌프마냥
물을 길어 올리고
그래야 바람 타고 날아드는 벌 나비들에게
달콤한 사랑의 영약(elixir)을
듬뿍 나누어 줄 수 있다.

바람은
꽃의 없어서는 안 될 친구
바람은

삶의 움직임

바람은

사랑의 숨소리.

사랑의 씨앗은

바람을 타고 멀리 멀리

기어이

옥토를 찾아

그 속에 숨어서

다시 봄을 기다린다.

삶의 움직임

조개의 생리

조개는 시커먼 갯벌
그 속에 깊이 숨어 산다.

그러다가
가늘게 들리는
바닷소리를 어느새 알아듣고는
그것이 밀물인 것도 알아차린다.

밀려오는 물결 철석일 때마다
움짓움짓 몸을 비틀어
질적질적, 위로 위로 올라온다.

마침내
고개를 진흙 밖으로 내밀고
입을 활짝 크게 벌려
크고 작은 생명을 맘껏 주워 먹는다.

기세 좋던 바다가

밀물질을 그칠 때

조개도 크게 한숨 쉬고 돌아 눕는다.

잠깐이지만

정지된 바다는

조개와 함께 모든 생물에게 평화를 준다.

썰물이 다시 시작하려 할 때

벌거벗은 몸이 부끄러워서인가

조개는

또 깊숙이

시커먼 갯벌 속으로 숨어 들어가고 만다.

산다는 것

먹고

싸고

자고

먹고

싸고

자고

그런 반복에

지루해진 나날들

하루 낮은 짧아만 가고

검은 밤은 더욱 길어만 간다

은퇴 20년의

단상

앞으로 한 10년은 더 살 듯한데

이러면 안 되지.

돈, 돈, 돈…

돈이면 다 콱 살 수 있는 것
입을 옷, 먹을 것, 잠잘 곳

돈으로 거의 전부 살 수 있는 것
건강, 그리고 친구

돈으로도 거의 못 살 것
사랑, 믿음, 그리고 소망

돈 가지고는 절대 못 살 것
죽음 없는 삶과 하나님

사람은 돈 없어도 못 살지만,
돈만 있어도 사람처럼은 못 살겠네.

그러니 너무 돈, 돈, 돈!

하지 말자구.

꼭 필요할 때 빼고는!

조개의 사랑

따스해 오기 시작하는
봄 바다

밀려 들어 오는 밀물에
하늘하늘 몸을 떨던

자그만 조개 하나

햇빛에 반짝 뒤척이는
모래알을 향해
방긋이 입을 열었다.

그것을 만남이라 했다.
그것은 인연이라 했다.
그것도 운명이라 했다.

조개는 자기 살 속에 모래를 품고
자기 속 뼈를 아끼지 않고
모래알을 닦아 주었다.

그날 그때부터
조개는 아픔을 알았다.

그날 그때부터
조개는 진주 같은
영롱한 사랑을 길렀다.

女體

하얗고

보드라운

創造主의 손길은

황홀한 굴곡을 섬세한 線으로 다듬어

女體를 창조하셨다.

하늘의 반짝이는

별 같은 눈으로

세상의 아름다움을 보게 하셨고

잘 익은 포도알을

두 개 심어

아기의 입에 물려 주었다.

검은 숲 깊은 골짜기는

때로는 폭풍우이기도 하고

때로는 잔잔한 시내이기도 하고

그곳은 사냥꾼의 화살이 꽂혀 있는 곳
에덴동산의 秘境
삶의 神秘가 시작되는 곳이다.

이 모든 것이
하나님이 보시기에 좋았더라.

아멘!
그리고
할렐루야!

당신의 나

당신이 아침에 미소를 지으시면
나도 자연히 미소 짓습니다.

당신이 아침에 찡그리시면
나도 따라서 찡그려집니다.

당신이 늘어나는 주름살을 보고
늙어 간다고 슬퍼하시면 나도 슬퍼집니다.

당신이 깊어 가는 주름살을 보고 그 속에
힘들었던 삶의 무게가 보인다고 자부하시면
나도 무게 있게 보입니다.

당신이 얼굴에 늘어나는 주근깨를 보며,
그것은 일하며 살았다는 증거라고 하시면
나도 그 검은 반점들이 자랑스러운 개선장군의 훈장처럼 보입니다.

당신의 희끗한 머리털은 연륜에 항복하는 백기가 아니고,
그것은 순수하고 티 없는 삶의 상징이라고 빙그레 웃으시면
나도 너무나 흐뭇해서 미소 짓고 맙니다.

나는 당신이 아침마다 만나 주는
당신의 거울입니다.

부부 사이

따로 걷다가 만난 사이
길 끝까지 함께 가고 싶은 사이

사랑한다 말 안 하는 사이
그러면서도 하는 사이, 하는 사이

하루 종일 말 없이도 사는 사이
밤이 되면 말 더 필요 없는 사이

말 나누지 않으면 안 되는 사이
그래서 말 다 하면 싸우는 사이

사이 사이 헤어지면 좋은 사이
사이 사이 다시 만나서 더 좋은 사이

끌어 안으면 좋은 사이

돌아 누우면 남일 수도 있는 사이

서로 한심하게 무심한 사이

서로 말 못하게 절실한 사이

사이 없이 웃으면서 사는 사이

그러다가 기어코 울며 떠나 보내는 사이.

돌아 누우면 남일 수도 있는 사이

그냥 망설이다가

그냥
하늘이 너무 파래서
전화했다고 하면 안 될까?

그냥
바다가 너무 잔잔해서
이야기 나누고 싶었다고 하면 안 될까?

꼭
무엇이든 변명이 있어야 하는가,
내 마음이 이리도 붉게 물들어 오는데?

꼭
무엇이라고 설명이 있어야 하는가,
내 마음이 이리도 출렁이는데?

.

.

.

언제까지나

아마

나는 그러겠지

우린 그런 사이일 것이고

그냥 그러다 말겠지

그럴 거야.

그냥

그냥 망설이다가 마는.

그대와 나

그대가 산이라 하면 나는 산이 좋았어라
그대가 바다라 하면 나는 바다가 좋았어라

청산도 절로 절로
녹수도 절로 절로

그 속에 그대와 나
봄 여름 가을 겨울

그저 그렇게, 그저 그러면서
절로 절로 그렇게 살아 왔네

믿기지 않는 세월, 가고 만 나날들
결혼한 지 50년

높은 청산 이제 나 못 올라가고

깊은 바다 나 헤엄 못 치겠네

그래도 그렇게 살아 가리
산처럼 바다처럼

그대가 산이라 하면 나는 산을 살겠네
그대가 바다라 하면 나는 바다를 살겠네

어느 날 그때까지
언제일지 모르지만

그러면서 오늘도 내일도
산처럼 바다처럼.

아내

미끈하던 손 매듭이
울퉁불퉁해졌어도
나는 당신이 좋아

반짝이던 그 눈동자에
눈꺼풀이 내려 앉아 덮여 있어도
나는 당신이 좋아

제법 솟아 있던 젖가슴이
후줄근 힘없이 내려 드리었어도
나는 당신이 좋아

직업 때문에
졸린 눈 비벼가며
일어나야 했던 그 수많은 밤들

혹은 취미로, 혹은 필요로

텃밭 꽃밭 잔디밭 가꾸며

보내던 봄 여름 가을 겨울

변해 가는 당신의 모습은

쉬임 없던 당신 삶의 발자욱

물처럼 흘러가는 세월이 남기고 간

아름다운 흔적, 하나의 조각품

그냥 그대로 거기에 오래 서 있어 주어

그냥 그대로 오래 오래 서 있어 주어.

노인의 이사 길

버리고 가라 하네
버리고 가라 하네
온갖 것 다 버리고
가볍게 가라 하네

나를 으쓱하게 만들던 갖가지 모자들
그것들 모두 버리고
두툼하던 은행 통장, Rolex 시계
Armani 재킷도 벗어 버리고
애지중지 사랑스럽던 Shakespeare, Dante
논어, 맹자 모든 책들도 몽땅 내려 놓으라네

나는 어디로 가는 것이기에
가는 길이 얼마나 멀고 멀기에
가는 집이 얼마나 풍요롭기에
나더러 모든 것은 다 버리고 가라 하나

떠나야 할 날은 확실히 몰라도
가야 하는 것은 확실하네
갈 곳이 어떤 곳인지는 딱히 몰라도
못 가 본 곳인 것만은 확실하네

버리고 가야겠지.
모두 버리면
훌훌 여행길이 가벼울 텐데
땅 위의 길도 멀다지만
하늘까지 가는 길은 더 멀다는데
낯선 길, 먼 길,
돌아오지 않을 길

그대 왜 못 버리고 서성이나
그대 왜 안 버리고 서성이나
노인의 미련이
이사 길을 더 더디게 하네.

미안해요

"미안해요, 내가 잘못했어."
하지 못한 이 한마디.
나의 가슴에 멍든 채 남아 있다,

50년이 지난 세월
이제는 가 닿을 수 없는 세상으로 가 버린 당신,
용서도 빌 수 없는 이 밤에

철없는 나는 지금도
듣지 못하는 당신에게 빌고 있다,
"미안해요, 내가 잘못했어."

만남과 헤어짐

내가 너를 만났을 때
이미 나는 너와 헤어지고 있었어.

네가 나를 떠날 때
너는 나에게 남아 있는 것이거든.

내가 너와 헤어질 때
나는 너의 가슴에 따듯한 나를 담아 보내 주고 싶어
너를 사랑했던 내 전부와 같이.

네가 떠날 때
나에게 향기로운 마음으로 남아 주어
너는 나에게 세상에서 가장 아름다운 꽃이었어.

만남과 헤어짐은
하나인 거야.

동시에 일어나는

하나인 거야.

메아리

높은 산에 올라 갔을 때,

그것이 태산이든 알프스이든 이름 없는 동네 산이든

"야호~" 소리쳐보지 않은 사람,

메아리쳐 올 때 반갑지 않았던 사람 있을까?

두 손을 동그랗게 모아 입에 대고 크게 부를 때

산도, 나무도, 꽃도, 풀도 화답한다.

내가 크게 작게 너를 부를 때, 돌아 오는 메아리는

우리 서로의 존재를 확인해 준다.

그래, 우리는 메아리 있는 오늘을 살자.

나는 너에게, 너는 나에게

첩첩이 쌓여 있는 산등성이 어느 곳에서처럼

서로 서로의 메아리가 되자.

김정구의 시조를 읽고

뉘라서 날 늙다던고 늙은이도 이러한가

꽃 보면 반갑고 잔 잡으면 웃음난다

추풍에 흩날리는 백발이야 나인들 어이하리요

— 김정구(연산군 때 사람), 〈탄로가嘆老歌〉

뉘라서 날 醜타던고 孔孟子가 다르던가

젖무덤 보면 눈 흘깃하고, 젖꼭지라면 無時貪貪이라

바지 속에 꿈틀하는 龍님이야 나인들 어이하리요.

ㅎㅎㅎ

그놈

그놈이 소리 없이 다가오고 있다.

그놈이 나를 태풍처럼 쓰러뜨리려 한다.

그놈이 나를 망각의 세계로 띄워 보내려 한다.

그냥 모른 척, 무심한 척 하고 서 있을까?

그냥 제발 나 하나만 비켜가 달라고 빌어 볼까?

그냥 초연히 손을 내밀어 악수를 하고 먼 길을 같이 떠날까?

내 숨소리도 들을 경황 없이 달려온 세월,

내 어지러운 발자국도 돌아볼 겨를 없이 지나온 나날들,

어느덧 팔십 년.

그 사이 안 들리던 그놈의 발자국 소리가 밤마다 들리기 시작한다.

그 사이에 안 보이던 그놈의 그림자가 내 발꿈치에 붙어 있구나,

그놈이 내 다리에 붙어 서서 힘을 빼고 있다.

모든 생물의 삶이 시작할 때 그놈이 거기 있었고,

모든 인간에게 살아 있는 것이 무엇인가 생각하게 하였고,

그놈은 모든 인간이 갈구하는 神의 origin이다.

그놈,

죽음이라는 놈!

그 나라는

그 나라는 염주를 백팔번 닳아 없애 버려도 살아서는 갈 수 없는 나라

그 나라는 참 아름다워라 찬송을 52번 주일마다 불러도 갈 수 없는 나라

그 나라는 빌 게이츠, 워런 버핏, 일론 머스크가 돈 다 합쳐도 표 한 장 못 사는 나라

그 나라는 걸어서는 못 가는 나라

그 나라는 자동차로는 못 가는 나라

그 나라는 우주행 로케트로도 못 가는 나라

그 나라는 우리 영혼의 깊은 곳에서 울리는 작은 소리에 귀 기울이며

그 나라는 우리가 사랑했던 모든 것을 버리고 비우며

그 나라는 우리가 미워했던 온갖 것들을 끌어 안으며

그 나라는 영혼을 하늘로 하늘로 해방시키며

그 나라는 육체의 숨조차 마지막으로 쉬라고 놓아 주는

그런 날에야 너나 나나 누구도 갈 수 있는

그런 나라란다.

버블

— Amy Yang의 Bubble show를 보고

공중을 나는

비누 거품

동그라미 동그라미 동그라미

혹은 작게

혹은 크게

Amy Yang의 입김에

어느 것은 투명하고

어느 것은 하얀 안개 속에

또 어느 것은 영롱한 무지개

그러다가

마법의

손가락 하나 움직임

입김 한 숨에

팍!

우리네 인생도

버블 버블 버블.

팍!

산과 바다

山은 太古부터
바다에서 솟아 올라 생겨났기에
바다의 마음이다.

바다는 元來부터
물의 어머니
그래서
물의 마음이다.

산과 바다는
온갖 생명을 만들어 주고
먹여 주며, 보살피며, 감싸주고,
마침내는 잠 재워 준다.

산과 바다는
모든 것을 거절하지 않으며

묵묵히 받아 주고
아무것도 요구하지 않으며
말없이 돌려 준다.

산과 바다는
밤이나 낮이나
쉬지 않으면서도
한 발자욱도
움직이지 않는다.

산과 바다는
스스로 그런 것이기에
변해도 변함이 없이
천만년을 그대로, 그런 대로
우리를 지켜보며 서 있다.

우리더러 그렇게 살라 한다.
산처럼, 바다처럼
그렇게 살라 한다.

무궁화 한 송이

— 5·18 금지법이 통과되었다

때 아닌 5월 북풍 인정사정 없이 몰아치니

百花가 散飛하고 뿌리마저 흔들리누나

인류 역사 7만 년, 단군 역사 4.5천 년

흥망이 반복하고, 세월이 무정하다지만

막 피어나려던 無窮花에게

광주에서 올라오는 이 겨울 바람이 웬 말이냐

홀로 서 있는 한 송이 무궁화야

너의 날이 너무나 짧을 듯하구나!

낙엽

— 친구의 부음을 듣고

뜨락에 내려서 돌아보니

단풍은 꽃보다 아름다운데

가을 하늘 울어예는

기러기 소리에 놀랐나

서리를 예고하는

바람결에 몸을 떨었나

맥없이 땅위로 내려 앉는

낙엽 하나

언제 더 떨어지려는가

다음 낙엽

그리고 언제일까

마지막 단풍잎이 떨어지면

문득 다가온 듯했던

나의 겨울도 끝나겠지…

내 길

언제 떠났는지 기억조차 나지 않는

내 길을

나는

오늘도 걸어 가고 있습니다.

그냥 그렇게 해야 하듯이

아침,

점심,

저녁,

마냥 걸어 가고 있습니다.

내 길은 정녕

이미 지나 온

옛 길이 아닙니다.

길은 그렇다고

아주 낯선

새 길도 아닙니다.

한 발 한 발 내디딜 때마다
길은 만들어지고,
돌아보면 그 길은
길이 아니고 발 자국입니다.

발 자국은
새 길일 수가 없습니다.
새 길은
발 자국으로 만들어지지 않습니다.

오늘도
나는 내 길을
걸어 가고 있습니다.

하얀 구름, 푸른 산, 빨간 꽃, 맑은 개울 물
그 모든 것을 열심히 눈에 담고

애기 울음 소리, 어머니의 자장가,

아버지가 가르쳐 주시던 하늘천 따지, 할아버지의 기침 소리
그 모든 것을 열심히 귀에 담고 가슴에 쌓아 가며

오늘도
내 길이 이런 것이거니 하며
마냥 걸어 가고 있습니다.

언제 끝날지 모를지언정
나만의
내 길을 감사한
마음뿐으로
걸어 가고 있습니다.

내가 살아 보니까

천년을 살 것 같아
열심히 노력하고 준비하다 보니까
30이 되어 버렸고,

백년을 살 것 같아
애들에게도 넉넉히 주지 못하고
바둥 바둥 살다 보니
40이 넘어 버렸고,

60이 되기 전에
큰 일은 아니더라도 무언가 해야지 하며
밤에도 낮에도 이런저런 생각하다 보니
50을 훌적 넘어 버렸고,

환갑잔치 떡도 남의 일인 양하였더니
그 떡이 목에 다 넘어 가기도 전에

칠순이라 남들이 수군거리더라만
76

이제 영락없는
팔순이니
이젠 정말 백년은 살아야것다.
암 그렇고 말고.

그래야 못 해 본 것 해 보고
못 본 것도 찾아가 보고
모르는 것도 배워 알고
그럴 것 아닌감?

헉,
백년은 너무 짧다.
천년이면 좋겠다.

북에서 내려 왔던 스노버드snowbird들이
다 떠난 플로리다 골프장에서

나비 없는 靑山은 쓸쓸하고 虛虛왜라

晩秋에 細雨하니 골프장도 空山이라

無人無情하면 청산도 三水甲山

나무아미타불!!!

따끔!

아야!

모기 한 넘이 내 팔뚝을 물었다.

휘익!

찰싹!

나도 모르는 사이, 나는 모기를 다른 손으로 죽였다.

모기도 살자고 내 피를 빤 것이지만,

그넘을 죽였으니 살생이라고 부처님이 나무라실까?

아니, 모기란 넘이 나를 괴롭히지 않았으면 됐을 것인즉

그러니 인과응보라고 부처님은 나를 용서하실까?

부처님이 용서하실 수 없다 하여

나는 내세에 모기로, 아니 그넘보다도 더 미미한 넘으로 태어날까?

잘 모르겠다, 제행무상.

부처님께 비는 수밖에.

관세음보살

나무아미타불!!!

동네 인심

고구마 받아들고 고향생각 절로 난다
구만 리 머나먼 곳 나 왜 떠나 여기 왔나
마을 인심 따스하니 예가 고향 되어 가네

동네 인심

고향을 잃으며

사랑이 식어 갈 무렵에는

내가 버리고 떠나야 했던 곳이었다.

다시는 보고 싶지 않다 맹세하며.

한데, 이제

땅위의 그림자 자꾸 길어지고

주위에 적막이 짙어지니

다시 찾아가고 싶어지는 것을 차마 어쩌랴.

고향을 찾아오는 길은 쉽지 않았다.

그 사이 없던 길도 생기고

있던 길도 예전과는 어딘가 다르다.

사람 사는 집들도 다르고

각종 가게, 간판들도 달라졌다.

제일 달라진 것은 사람들이다.

얼굴도, 이름도, 쓰는 언어도 모두 달라졌다.

그 사이 내 얼굴도 이름도 언어도 달라졌나 보다.

고향 사람들도 금방 나를 알아보지 못한다.

이제 뒤로하고 떠나는 고향은 나를 버렸고,

나는 이제 고향을 잃은 나그네가 되었다.

자의반 타의반 무수한 디아스포라의 한 사람이 되어

비행기 창밖으로 보이는 흰 구름을 보며

나는 백인도 아니면서 얼굴이 하얀

창백한 나그네가 된다.

어느 겨울 밤의 단상

나는 이 겨울이 나를 버리지 않고,

나는 이 겨울을 잃지 않기를 바라고 있다오.

눈이 쌓여 있어도 뜰에는 동백이 붉게 피어 있고,

나뭇잎은 다 떨어졌어도 지붕은 새로 이었다오.

살얼음 걷어 내고 하아얀 무 꺼내다가

가늘게 삭둑 썰어 동치미 만들어 훌훌 마시고

혹여 어느 늦은 밤이 적적하다면

화롯불에 밤을 구워 쇠 젓가락으로 뒤집으며

그 무덥던 여름에 땀 흘리던 이야기 나누며

나는 이 겨울을 오래 오래 사랑하고 싶소.

머뭇거리며 다가오기 주저하는 봄을 나는 기다리지 않소.

꽉 껴안고 나비와 함께 날고 싶은 봄도 마다하겠소.
86

봄은 가고 봄은 또 온다지만
그것은 남의 봄, 내 봄이 아닐 수도 있기에
손발이 시리고 허리가 아파도 나는 이 겨울을
오래 오래 음미하며 지내고 싶소.

어느새 팔십도 훨씬 넘은 나는
이 겨울이 나를 버리지 않고,
다시 못 볼 이 겨울을 잃지 않기를 바라고 있다오.

이만하면

만주사변 나던 해에 태어나
제2차 세계대전과 6·25를 치르면서도
굶은 적은 없으니
이만하면 됐습니다.

박사학위 덕에 미국 대학에서 30년을
가르치고도 변변한 제자 하나 이름 댈 수는 없어도
강의를 거른 적은 없으니
이만하면 됐습니다.

결혼하고 딸 셋 낳고
조상에게 면목 세울 아들 하나 얻지 못했지만
결혼 생활 67년을 무난하게 지냈으니
이만하면 됐습니다.

빌 게이츠, 워런 버핏, 일론 머스크처럼

천억 불 부자 되어 자가용 비행기 타고 다니지 못하여도
자동차가 없어서 어디 못 가지는 않으니
이만하면 됐습니다.

독수리처럼 일 마일 떨어진 들쥐를 보지는 못하고
호랑이처럼 날쌔게 뛰지는 못해도
아직도 뜨는 해를 감상하고
하늘의 별을 볼 수 있으니
이만하면 됐습니다.

무엇보다도
구순의 나이에
아홉 명의 손자손녀를 불러 놓고
저녁을 해 먹이는 팔순의 마눌이 있으니
이만하면 됐습니다.

이만하면 됐습니다.
이만하면 감사합니다.
이만하면 충분합니다.

윤동주의 〈내 인생의 가을이 오면〉을 읽고

문득 어느 날

함박눈이 하늘을 잿빛으로 덮는

내 인생에 겨울이 다가오면

우선 나는 감사한 마음뿐이어야 하겠습니다.

그 어느 따스하던 늦은 봄날,

서울중학교 교실 창밖에

눈처럼 휘날리며 떨어지는

벚꽃 잎들 보며, 나는

뺨이 분홍빛이었던 어느 처녀를

사랑했습니다.

십칠 년 만에 땅을 헤집고 나와

두 주일이 지나기 전에 사랑을 찾아야 하는 매미들이

목청 터지게 울어 대던 그 여름날

나는 연세대학 뒷동산에서

'하늘을 우러러 한 점 부끄럼 없기를…' 외우며
홀로 번민해 보기도 했습니다.

벤저민 프랭클린의 동상 아래
어지러이 이리저리 뒹구는
낙엽을 밟으며
학점, 장학금, 학위 등등의 절대적 연계성을
반문해 볼 생각도 못하면서
펜 캠퍼스 이곳 저곳을 피곤한 몸으로 휘젓고 걸어 다녔습니다.

오늘도 별이 바람에 스치우는 하늘을 쳐다보다가
성글어 가는 회색빛 머리털,
깊어 가는 눈 밑 주름살
자주 찾아야 하는 화장실 생각을 하며
회상에 잠겨 봅니다.

내 가을의 열매는 정녕 큰 값을 부를 수 있는
알찬 열매는 아닙니다.
아마 아무도 돌아보지 않는 길가의
씨만 크고 살이 없고 볼품도 없는

작은 고욤 같은 존재일 뿐이겠습니다.

하지만,

하지만,

나는 감사한 마음입니다.

일 년 사계절을 열심히 사느라고 살았으니까요.

작은 씨들을 뿌리며, 물을 주어 가며, 더러는

천둥번개가 치는 날이 있었어도

여러 가지 꽃들이 갖가지 색으로 피어나는 것을 보며

봄 여름 그리고 가을

얼마나 가슴 벅찬 날들이었습니까.

그럼요,

겨울에는 온 천지가 눈으로 덮여 땅 속 깊이까지

차가웁겠지만요,

내 인생에 겨울이 닥칠 때 나는

감사한 마음뿐이겠습니다.

자라나는 어린 손자손녀들의 손을 잡고

그 아이들의 찬란한 봄이 다가오는 것을 바라보며

더는 무엇을 바라겠습니까.

92

봄 여름 가을 겨울은 틀림없이 바꾸어 찾아 오고
계절마다 향기 다른 갖가지 색의 꽃이 피었다가
마침내 크고 작은 열매를 땅에 깊숙이 묻는 것은
또한 찬란한 봄의 시작이요 자연의 철칙이자 약속이랍니다.

그 열매가 크던 작던,
남이 보아 주건 말건,
향기가 깊건 말건 말입니다.

오고 감

왔다가 가지 않는 이 없고

가더니 돌아 오는 이 없더이다

오감이 쉬임 없거늘

왜 이리 마음을 아파만 하는고

추억

마음에는 뒤로 잠그는 빗장이 없는가 보다

헌 상자 속에 뒹굴던 앨범 속

몇 장의 빛 바랜 사진 속에서

먼 옛날이 소리 없이 되살아 온다.

구름 같은 세월은 흘러 흘러

모르는 사이에 오늘이 먼 과거가 되었고

오래 오래 기억하자고 찍었던 사진들은

흑백이었든 컬러였든

어느새 모두 허연 색으로 변하고 만다.

희미하게 빛바랜 사진으로

빼꼭히 찬 오륙십 년 전 앨범을 보며

추억의 시간으로 빨려 들어 간다.

서녘 하늘은 붉게 물들어 가는데

부끄러운 그날도 있었고,

가슴 벅차던 그날도 있었지

그때 내가 그랬다고?

그때 네가 그랬을까?

아마도 그랬겠지.

그랬을 거야.

삶의 끝자락은

황혼 같은 조용함 속에

끝도 없이 한도 없이

머나먼 추억으로 내닫는다.

주름살

늙는다는 것은 슬픈 일이다
똑 같은 해는 매일 아침 뜨는데.

늙는다는 것은 슬픈 일이다
꼭 같은 달은 밤이면 환하게 떠오르는데.

늙는다는 것은 참 슬픈 일이구나
결국은 아무도 예외 없이
나날이 변해 가니까.

얼굴 씻은
나도,
그리고 거울 속의
너도.

나날이

주름만 늘어 가네.

그렇다 해도

그 반대로 늙어 가지 않고

주름살도 늘지 않는다는 것은?

그건 아니지.

주름살, 너는, 차라리

반가운 삶의 발자취다.

저마다의 님

나팔꽃은 찬란한 태양

아침을 기다려 입술을 벌리며

해바라기꽃은 온 종일

해님을 따라 고개를 돌린다.

달맞이꽃은 달님을 그리다

저녁이 오면 팡팡 터지며

멕시코의 드래곤푸르트 꽃은

깊은 한밤 중에 향기 높은 꽃술을 펼친다.

나는 누구를 만나고파

이리도 쉬지 않고 헤매이며

나의 간절한 삶의 내음새를

향기라 기다려 줄 님은

어디 계실까
언제 오실까.

人生嘆歌

유수세월 내못잡고
생로병사 내못막네

양친부모 떠나셨고
불알친구 어디갔노

둥근달이 산에걸려
반쪽밖에 안남았고

밝던해도 구름속에
속절없이 검어졌네

어이할꼬 어이할꼬
나혼자서 어이할꼬

이래저래 홀로홀로

바람처럼 왔다가네

작은 양초 한 자루

어쩌다, 어디서 생겨 나온 것일까,
작은 양초 한 자루

그래도 어스름 저녁이
시작할 무렵
작은 방 안을 비추기는 충분하였다.

누나는 뜨개질을 하고
막내는 엎드려서 책을 읽고,
엄마 아빠는 대견해 웃으셨다.

작은 양초는 즐거워서
겅충 겅충 뛰어 돌며
까르르 웃었다.

밤이 늦어 문득 내려다보니

심지는 바닥을 향해 거의 타들어 갔고
작은 양초는 눈물을 흘리고 있었다.

오고야 말 새벽
동이 틀 무렵이면
작은 양초의 눈물은 마르고 말겠지.
환한 즐거움도 끝이 오고 말겠지.
한여름 밤의 짧은 꿈
작은 양초 한 자루

너도, 나도
작은 양초 한 자루.

村女

그녀는

어느 農家

죽은 아이까지 하면

다섯째라던가?의 딸로

한밤 중에

울며 세상에 왔다지.

산모는 바로 그다음 날 저녁 일어나서

밥을 지어 아이들을 먹여야 했고.

그녀는

자라면서 無學 無識하여

學士, 碩士, 博士의

士 자와

沃土, 黃土, 農土의

土 자를 보고도 다른 줄을 몰랐을 뿐 아니라

그 두 글자가 이끌어 가는 세계가 얼마나

다른 줄을 생각도 못한 채 평생을 살았다.

하지만, 그녀는

풍만한 엄마의 젖을 빨며 무사히 백일을 치러내고

엄마가 씹어서 입에서 입으로 넣어 주는 음식으로

온갖 음식을 다 먹으며

또 어느 날은 큰언니의 등에 업혀서 잠들기도 하며

수다스러운 말을 하는 적도 없이, 그렇게 사랑을 받으면서

어려운 글 안 쓰고도 사랑을 주는 법을 배웠다.

그녀는

해 나는 맑은 날이면

밭에 나가는 어머니 치마를 잡고 따라가서는

흙으로 빚어 두꺼비 집을 만들고,

작은 돌들을 주워 석탑을 만들고

그러면서 흙에서 모든 生命이 태어나는 것을 알게 되었고,

모든 생명이 흙으로 돌아간다는 이치를 터득했다.

구태여 흙 土 자가 땅에서 솟아오르는 형상이라는 것을

알지도, 알려고도 하지 않았다.

그녀는

돼지가 새끼를 치고 닭이 알을 낳는 것을 보며

陰陽의 理致를 자연스레 터득하였고,

가을 하늘에 줄지어 날아가는 기러기를 보면서

계절도 바퀴처럼 윤회하고, 살고 죽는 것도

때가 되면 어김없는 것을 받아들였다.

그녀는

시집 가던 날 처음으로 연지곤지 화장을 해 보았고,

여름에는 해 진 후, 냇가에 나가서 머리 시원히 감는 것으로,

겨울에는 따듯한 아랫목에 아이들을 눕히고,

간간히 덤벼드는 남편을 소리 안 나게 보듬으며, 그러는 것이

행복이라고 믿고 살아 갔다.

그녀는

자기만의 이름이 없었다.

낳아서는 갓난이, 조금 자라서는 이쁜이,

더 커서는 새댁, 마누라, 며느리, 엄마, 그리고

어느 사이에 할머니였다.

촌에 묻혀 살며,

자기 새끼들과 가족이 그녀 세계의 전부였지만

흙처럼, 물처럼, 하늘처럼

소박한 사랑을 실천하며

자연의 이치에 순응하는

그녀를

사람들은

村女, 무식한 시골 여자, 라고 이름 했다.

그녀는

나의 어머니

나의 어머니의 어머니

또 그 어머니의 어머니였다.

아버지

— 성묘를 가는 길에

사내아이로 자란 나에게

아버지는 하나의 본받아야 할 완성된 彫刻

박물관에서 보는 희랍의 남성像처럼

변함없는, 흔들리지 않는, 완전무결의 상징이었습니다,

약간 차가운 것까지도 같았습니다.

성장하는 아이들의 아버지가 된 나에게

아버지는 석양빛에 바랜 낯선 나그네

그저 이해할 수 없는 피안의 그림자였습니다.

어느 날, 갑자기, 뜻하지 않게,

할아버지가 된 나에게, 아버지는

겹겹이 쌓여 왔던 무수한 나에게로 다가오고 있습니다.

엄마의 젖을 빨면서 부드러운 여인의 육체를 사랑하기 시작했고,

땅거미기 짙어 올 때까지 동구 밖에서 철없이 놀던,

그러다가 문득 한 여자의 창밖을 배회하며 휘파람을 불던,

옛 동무들과는 환갑이 지났어도 낄낄거리고 웃는,

그리고 아직도 풍만한 여인의 앞가슴을 흘낏 보고야 마는

이런 모든 남자아이가, 청년이, 노인이

나의 아버지였음을 이제야 알 것 같습니다.

나는 나의 아버지를 잘 알지 못했음을 고백합니다.

나의 아이들이 나를 다 알지 못하듯이 말입니다.

나는 아버지와 밤이 새도록 진지한 대화를 하지 못했음을 인정

합니다.

내가 우리 아이들과 그런 경험이나 시간이 별로 없듯이 말입니다.

하지만 돌이켜 생각하면

시간과 공간이 약간 다르기는 했다 해도

우리는 두 개의 병행하는 인생의 수레바퀴를 돌리며

흴끈 흴끈 곁눈질로 배우면서 같은 곳을 향해서 달리고 있었던

겁니다.

아버지

나의 아버지

내 속에 남모르게 숨어 사는 나의 아버지.

환갑이 훨씬 넘은 아들에게 이제야

따듯이 다가오시는

아버지.

당신이 그립습니다.

아침에 그물을 걷으며

이른 아침 바다
물안개가 걷히기도 전 그물을 걷는다.
아랫배가 종이처럼 하얀 광어들
하나, 둘, 셋 그리고 또 넷

어제도, 오늘도,
노헌(노스캐롤라이나 軒)의 노래는
바다에서 부르는 自然産의 향연
그것으로 족하다.

늦은 저녁 서두르지 않고
와인 한 잔 천천히 들어 올릴 제
인삼주 들고 왔다 바로 어제 떠난
큰 도시 사는 여러 친구들이 벌써 그리웁구나.

세월이 우리를 보살펴 준다면

시월 중순 내년엘랑

유붕이 자원방래할까

하늘과 바람과 구름밖에 없는 이

바닷가 집을.

아이야

고 작은 광어 두어 마리는

깊은 물에 놓아 주어라.

세월이 하 빠르니

내년이면 다시 보리.

어느 날 거울을 들여다보며

사람이 늙는다는 것은 참 슬픈 일이구나.
아름다움이 매일 매일 사라져 버리네.

검은 머리 차차 희어지고
갈수록 성금성금

팽팽하던 눈 밑은
밑으로 밑으로 내려 앉네.

허 참!

그래도 살아 있다는 것은
감사한 일이지.

암,
그렇고 말고!

아직도 볼 것은 보고

들을 것은 듣고

아직도 사색을 하고

사랑도 하고

그려

그렇게 그렇게 세월 따라

변해감서 살아 가세.

서른과 칠순

30을 바라볼 무렵

살아 갈 날들은 한없이 긴 것으로 보였고

시간은 가지 않는 듯하였지

70이 넘어서 보니

길 것 같던 인생은 하루처럼 짧은 것이었고

세월은 왜 이리 빨리 흐르는지

30을 살아 갈 때는

사랑은 한 사람에게만 쏟아도 모자랐는데

70을 사노라며 살펴보니

사랑은 만인에게 주어도 부족함이 없는 것이네

30 때는

돈이란 긁어 모아야 할 목적 그 자체였고

돈으로 못할 것이란 천하에 없었는데

70에 이르고 보니
돈이란 약속을 주고받는 종이일 뿐
돈으로 가져 볼 수 없는 귀한 것이
너무 많네.

30에는
黑은 黑이고 白은 白이고
眞은 眞이고 虛는 虛였는데

70을 넘고 보니
天地는 회색빛으로 덮여 있는 듯하고
醜에도 美가 숨어 있고,
美도 찰나에 변하네

子曰
七十而 從心所欲 不踰矩이라 하였다지만,

내사, 마.

내 마음도, 내 바라는 바도 내 모르겠으니

왔다리 갔다리

법도를 넘었어도 모르고

안 넘었어도 모르겠네

내 얼마를 더 살아야

삶의 길이 눈에 보이려나?

Marriage Procession. Seoul.
Elizabeth

속마음

당신은 나에게 당신의 속마음을 보여 준 적이 없습니다.

나도 당신에게 나의 속마음을 보여 준 적이 없습니다.

그러면서도 당신은 나의 친구라 합니다.

그러면서도 당신은 나의 애인이라 합니다.

우리는 옷을 벗지 않고 웃음을 웃어 줍니다.

우리는 말을 함부로 하지 않고 의사를 포장합니다.

우리는 그렇게 사귀고 있습니다.

우리는 그렇게 살아 가고 있습니다.

우리 모두가 그렇습니다.

속마음은 따로입니다.

멀리서 찾아와 준 팔순 된 친구

나는 병상에서

"또 다시 보자" 하면서

잡았다 놓는 손과 손

다시 볼 수 없을 것 같다는 생각은

두 사람 다

속으로만.

지킬 수도 없는 약속을

하지 않을 수도 없는 약속을

희망사항으로 반복하며

오늘도 해가 서산을 넘는 것을 보고

다시 혼자서 누워 있다.

A game of chess. Korea.
Elizabeth Keith

八旬 嘆歌

머리는 백발이 되었어도
마음 속은 욕심으로 검기만 하고

갈고 닦아 가져야 할 것은 못 갖추었으니
속 사람은 창백할 뿐.

달 기울면 해가 뜨고
해가 지면 별 뜨련만

한 인생 그 속에 왔다 간 자욱
어느 하늘에도 없을 거시.

기러기 가을 하늘 가르며
어디론가 줄 지어 날아가는데

저녁 노을은 무척이나 아름다워도

팔순 고개는 잿빛 그늘 속에 깊어만 간다.

푼타카나 해변에서

하루에 두 번씩

밀려오고 밀려가는 바닷물에

몸을 맡기고

조개는 입을 벌리고 웃으며

먹고 마시며

삶과 사랑을 노래했다.

그러나 간만의 움직임은 쉬임 없는

세월의 잔혹한 행진

주야로 철썩이는 바닷물은

어느 조개 하나도 비켜가 주지 않았다.

산산이 부서진 몸

지금은 해변의 한 줌 보드라운 모래 되어

다정히 손 잡고 걸어 가는

젊은 남녀의 발목을 감싸 준다.

"나, 사랑해요?" 여자가 묻는다.
"그럼, 영원히, 영원히,
이대로, 절대로 변치 않을 거야!"
남자는 약속하는 손에 힘을 준다.

오늘도 밀려오고 밀려가며
바다는 쉬임 없는데
한 줌의 모래 된 조개는
이리 쓸려가며 저리 쓸려가며
바다 거품과 함께 기인 한숨을
들이마시고 토해 내기를 반복한다.

수많은 조개들의 사랑은
아름다운 백사장을 만들었다.

하늘 나라보다는 흙을

하늘이 아무리 아름답고 푸르러도

나 예서 흙 만지며 살고 싶소.

지렁이 꿈틀대는 흙을 헤치고

작은 씨앗 뿌리고

그것이 물 먹고 크게 자라는 것을 보는

예가 나는 아직 좋소.

기약 없이 흘러가는 구름 저 하늘 끝

찬란한 노을을 보기보다는

가을 바람에 고개 숙이는

벼들의 황금 물결을 오늘 보는

예가 나는 아직 좋소.

나 흙으로 돌아 가야 하는 어느 날

이 세상 거닐었음은

흙과 더불어 있었기에

아름다웠다 할 것이요.

흙은 삶이었기에

모든 것을 만들어 내고

모든 것은 어루만져 주고

모든 것을 거두어 줄 것이요.

하늘이 아무리 아름답고 푸르러도

나 예서 흙 만지며 오래 오래 살고 싶소.

한가닥 노래

찢어지는 애기 울음 소리로
"나 왔다" 세상에 알릴 것 없소.
기어들어 가는 노인 목소리로
"나 간다!" 할 것도 없소.

해와 달은 소리 없이 떴다 지고,
지구는 자전 공전을 쉬지 않소.
천만 년을 그래 왔고
억만 년을 그럴 것이오.

간밤에 비바람이 무섭게 몰아쳤지만
아침 해가 찬란했고
한낮에 땡볕이 무자비했어도
저녁 노을이 아름다웠소.

해인사에도 들렀고

명동성당에도 갔었소,

대현 장로교회야 말해 무엇하겠소.

그곳에서 살다시피 하였는데.

그래도 아직 내가 경외하는 것이

하늘님인지 하나님인지 모르겠소.

내가 온 곳이 지옥이었는지 천당이었는지

내가 갈 곳이 하늘인지 땅인지 모르겠소.

노천명 시인이 읊었듯이

바닷가에서 눈물짓고 이슬언덕에서 노래 불러도

뜻 모를 내 인생 한 조각 구름인 양

어느 하늘에 걸릴 것도 어느 산마루에 머물 수도 없이

그냥 있다 흘러가는 소리 없는 노래 아니겠소.

구순을 바라보니 천지는 먹먹하고

백수는 캄캄하오.

어느새 이리 되었는지

걸어 왔던 그 옛날 길이

아득하기 안개 같소.

하여도,

다래랑 머루랑 먹고 청산에 살러 갈 때

구태여 누가 물어 본다면,

한가닥 노래,

그게 내 작은 사랑의 노래였소 하고 말하고 싶소,

입속에서만 머무는, 아무도 못 듣는 작은 소리일지언정.

플로리다 골프장에서

뜻하지 않은 한 차례 서리에
그 가득하던 파초 잎들은
누렇게 고개를 떨구고
늦삼월 차가운 빗자락이
얼굴을 때린다.

북쪽에서 내려 왔던 스노버드 越冬客들은
참을성 없는 철새마냥
하나씩 둘씩 떠나가기 시작했고
적막한 헌팅턴 힐스 골프장에는
갈 곳 없는 새들만 몇 마리 남았구나.

하지만,
작년에도 그랬듯이, 재작년에도 그랬듯이
봄은 다시 오겠지.
무더운 여름이 지나면

후로리다의 제철이 시작할 것이고

그러면 다시 북쪽에서 스노버드들이

날아들겠지.

그때까지 참고 기다리자.

세월은 쉬지 않고

계절은 반복하게 마련이니까!

50여 년 전 동창들과의 흑백사진을 보며

뒤뜰의 붉은 감은 찬 서리를 재촉하고
앞마당에 핀 동백꽃은 백설을 부르는데

사진 속에 희미하게 피어나는 저 아이들은 누구인고.
해맑은 웃음 얼굴에 가득한 저 청년들은 누구인고.

커지는 것만 자랑스럽고 시간은 빨리 안 가서 안타깝고,
동무들은 영원하고, 세월이란 가고 안 온다는 것을 아예 모르는

가진 것이 없었지만, 별로 부족한 것이 없었던
저 아이들은 누구인고.

한 세기 반으로 뚝 꺾으며 그사이에 희미해진 눈동자
그 속에 명멸하는 너와 나의 옛 모습

마음은 시간을 꿀꺽 삼키고 마냥 서 있자는데

반백의 머리 빗던 손이 흐르는 세월인 양

소리 없이 스르르 미끄러져 내리네.

2부 ————————

산문

오늘이 2017년 11월 19일이다

특별한 날이 아니다.

중요한 국가의 어느 날, 예를 들면, 3·1절, 8·15 광복절도 아니고, 10월도 지났으니 한글날도 아니다. 다음 주 금요일이 미국의 큰 명절인 추수감사절(Thanksgiving Day)인데, 그도 아직 아니다.

오늘은 그저 11월 19일이다.

그렇지만 아침에 눈을 뜨면서 오늘은 참 중요한 날이라는 생각이 떠 올랐다.

내가 팔순이라고 애들이 소위 파티를 열어 준 것이 이미 까마득한 옛날 일인 듯 느껴지니 앞으로의 여생이 얼마 남지 않았다고 하는 것은 누구나 수긍할 수 있는 자명한 통계적인 진리다. 얼마 전에 '당신이 얼마나 살 수 있을까?'라는 인터넷 사이트가 눈에 띄기에 그곳에 들어 가서 내 생년월일을 넣었더니 답이 없어 황당했는데, 사실은 이미 평균 수명을 지났으니 나머지 생이 얼마냐고 묻는 것이 무리한 질문이었던 것이다.

그렇다. 흔히들 이야기하듯이 살아 갈 날이 얼마 남지 않았으니

하루하루가 중요한 것이 틀림없다. 보통은 다 잊어 버리고 그저 그럭저럭 하루하루를 넘기는 것이 상례이긴 하지만 말이다.

그래서 아침에 눈을 뜨는 것이 중요하고, 그날이 나의 생일이라는 생각이다.

생일은 누구에게나 중요한 날인 것이, 우리가 이 세상에서 살기를 시작한 날이기 때문이다.

생일의 '生' 자를 자세히 들여다보자면, 물론 내 멋대로의 추측에 불과하겠지만, 그 글자는 人과 土 자가 합쳐진 것인데, 즉 사람이 흙 위에 있게 된 날이고, 그것이 '날 생' 자가 아닌가 싶다. 내가 죽으면 땅 밑으로 들어 갈 것이고, 그 이후에는 生命이 없어지는 것이다.

이런 생일을 그냥 지날 수는 없고, 앞으로는 매일매일 눈뜨게 되면 무엇인가 한 가지를 하면서 하루를 지내야 옳지 않겠는가 하는 생각이 떠 올랐다.

그렇다면 무엇을 한다? 여러 가지가 있겠지만, 오늘은 한 문장, 한 문단이라도 떠오르는 생각을 한번 글로 써 보면 어떻겠는가 하는 생각이 든다. 뭐, 대단한 명문을 쓰자는 것은 아니고.

이제 팔십 년을 넘게 살았으니, 무엇이든 보면 생각나는 것이 있을 것이고, 그것이 중요한 것이건 아니건, 옳은 것이건 아니건, 또는 사실이건 아니면 나의 무식한 지식이었건 간에, 그냥 글로 남겨 보는 그런 매일, 그런 생일날을 지나면 어떨까 싶다.

마누라가 말했듯이 나라는 사람은 시작은 하고서도 끝은 제대로 맺지 못하는 사람이라 이런 생각도 결국 머릿속의 생각으로 끝날지 모른다. 하지만 지금 내 생각은 이렇게 좋은 생일날, 무언가를 생각하면서 지내고 싶고, 그것을 글로 남겨보고 싶은 것이다. 현실적으로 매일 쓸 수야 없겠지만, 일주일에 한 번이라도 그리고 제목이 무엇이건 간에 한번 시작해 보자.

시작해 보자는 생각이야 못할 것 없지 않은가 말이다.

2017년 11월 20일

"호랑이는 죽어서 가죽을 남기고, 사람은 죽어서 이름을 남긴다"는 말을 들어 보지 않고 자란 사람은 없을 것이다. 호랑이 가죽은 귀한 것이기에 남기고 가면 많은 사람이 귀하게 사용할 것이고, 귀한 값에 팔릴 것이다. 그처럼 사람도 죽을 때 이름을 남기고 죽는 것이, 더욱이나 귀한 이름을 남기고 죽는 것이, 후대 사람들에게 귀감이 되는 보람 있는 일이라는 뜻일 것이다.

하지만 다시 생각하면, 죽으면 호랑이야 가죽을 남기게 되지만, 사람이 귀한 이름을 남기기가 어디 쉬운 일인가. 물론 장례식에 참석하면 많은 사람이 망자의 이름을 좋게 좋게 말하지만 말이다. 세상에 80억 인구가 살고 있고, 이름 없는 사람이야 요즘 세상에는 별로 없겠지만, 기억할 만한 이름을 남기고 가는 사람이 얼마나 될 것이며, 그렇다 한들 몇 년이나, 몇 사람에게 기억될 것인가.

우리의 삶은 마치 모래사장에 남기고 가는 사람들의 모래 발자국처럼, 한번 바닷물이 쓸고 지나가면, 하루 지나 밀물 썰물이 바뀌고 보면, 속절없이 자취도 없어지게 마련이다.

하지만 이런 생각으로 인생을 허무하게 느껴서는 아니 되겠다. 우리는 꼭 지워지지 않는 발자국을 남겨야 할 것도 아니고, 잊히지 않는 이름을 남기고 가야 할 것도 아니다.

우리는 언제였는지는 몰라도 살게 되었고, 언제인지는 몰라도 의식하지 못하는 망각의 세계로 가게 되어 있다. 그 과정 속에서 진지하게 하루하루를 살면 되지 않을까? 바닷가 모래사장을 맨발로 걸으면서, 약간 차가운 또는 시원한 바닷물에 젖은 발자국을 만들 때 느꼈던 그 상쾌한 기분이 생각난다. 그것으로 족한 것이다.

발자국을 남기려 하지 말자. 이름을 남기려고도 하지 말자. 다만 하루하루를 진지하게, 음미하며, 모색하며, 감상하면서 살자.

내 친구 하나는, 산을 좋아해서이겠지만, 호를 耕山이라 지었다한다. 나의 이름에 永 자가 들어 있는데, 영 자를 보니 水 위에 점하나 찍은 것인 듯하다. 그래서 산과 물을 묶어 보았다.

산과 바다

山은 太古로부터
바다에서 솟아 났기에
바다의 마음이다.

바다는 元來부터
물의 어머니
그래서
물의 마음이다.

산과 바다는

온갖 삶을 만들어 주고

먹여 주며, 보살피며, 감싸 주고,

마침내는 잠재워 준다.

산과 바다는

모든 것을 거절하지 않으며

묵묵히 받아 주고

말 없이 돌려 준다.

산과 바다는

밤이나 낮이나

쉬지 않으면서도

한 발자욱도

움직이지 않는다.

산과 바다는

스스로 그럴 것이기에(自然)

변해도 변함이 없이

천만년을 그대로 있다.

벌써 한참 되었지만, 친구가 갑자기 쓰러져서 의식을 잃고 병원에 누워 있다는 소식을 듣고 다음의 시를 썼는데, 다행히 지금 그 친구는 차차 의식을 회복하고 있다. 가까이 지나던 친구가 뜻하지 않게 죽음을 눈앞에 두었다는 것은 남의 일이 아니다.

친구야
왜 말이 없냐, 벌써 며칠째.

그때 네가 스위스 알프스에 가서, 다음엔 같이 등산하자고 하지 않아?
그때 네가 과테말라 선교한다고 가서 목사랑 장로랑 지내더니, 신학교 가고 싶다고 했잖아?
더구나 나에게 말도 안 하고 노스캐롤라이나 산속에서 자연의 굉음을 들으며, 경이롭다고 말했잖아?
그런데,
그런데, 이제 두 주일도 안 되었는데,
친구야, 너는 왜 말이 없니?

내가 싫어졌어?

내가 무엇을 잘못했어?

아니면, 하나님 나라에 빨리 가야겠다고 서두르는 거야?

친구야,

왜 말이 없어?

왜 그냥 ICU 차가운 방에 누워 있는 거야?

설마, 주저하고 있는 거야?

이승과 저승,

하나님의 천국과 이 세상,

현세와 미래….

한데

친구야, 나는 고백하지만

모든 것을 잘 모르겠단다.

어느 길이 옳은 길인지, 어느 것이 그른 것인지도 잘 모르겠고,

네가 믿는 하나님이 계신지 안 계신지도 잘 모르겠고,

알라, 여호와, 붓다, Baal, Jesus, 하나님이 같은 창조주이며 우

리를 주관하시는 분인지

  전혀 그렇지 않은지도 잘 모르겠고

  하다못해 우리 할머니가 정화수 떠 놓고

  두 손 모아 빌었던 산신님이 계신지 아닌지도 모르겠단다.

  그럼,

  너는 천주교 신자니까,

  성모 마리아에게 기도하라고 하겠지?

  하지만, 그분이 관세음보살과 얼마나 다른지

  그걸 난 모르겠단 말이다.

  친구야.

  그래도 난 네가 빨리 활짝 깨어나서

  말해 주기를 기다리고 있단다.

  "야, 내가 누군데?"라고 웃으면서 말이다.

  그리고 나와 우리의 속된 삶을 조금만 더, 조금만 더

  생각하며, 즐기며, 감사하면서 살고 싶단다.

  셰익스피어의 글에서 읽었다고 생각하는데,

그래,

세상에는 우리가 알지 못하는 것이 너무 많아.

나는 다만,

세상에는 슬픈 것만큼 즐거운 것이 있고,

선이 있으면 악이 있고,

사랑이 있는 만큼 미움도 있고

햇빛에는 그늘이 있고,

해가 있고 달이 있고,

그리고 너와 내가 지금,

아주 잠깐이겠지만

같이 있다는 것이란다.

그리고

조금만 더 같이 있고 싶다는 것이다

너무 무리한 바람일까?

친구야,

내 창밖에는 서서히 어둠이 내리고 있는

지금 여기 동부 표준시

여덟 시이다.

이 시간에 나는 네가

활짝 깨어났다는 소식이 오기를 기다리며

이렇게 글을 쓰고 있단다.

그만 깨어나렴.

그리고 말해 주렴,

'오늘(present)'이 하나님의 선물이라고….

–

작심삼일이라더니

결국 여기까지 쓰다가 말았네그려!

친구가 보낸 '새해 결심'이라는 글을 읽으면서

인생을 살아 가면서

무언가 남들 눈에 띄는 일을 하기보다는

눈에 띄진 않아도 잔잔한 감동으로

눈가에 이슬이 맺히게 하는

그런 날들을 살아 가고 싶다.

인생을 살아 가면서

내 몫으로만 많이 가지려 하기보다는

모두 하나처럼 따듯한 마음을 주고 받으며

은은한 향내를 뿜어 내는

그런 날들을 살아 가고 싶다.

인생을 살아 가면서

남들보다 앞서려고 서두르며 밀치며 살지 말고

돌아 보며 보듬어 주며 돌보아 주는

그런 날들을 살아 가고 싶다.

인생을 살아 가면서

힘에 겨운 일을 해내려고

벅찬 날들을 살기보다는

하루하루가 어제보다는

조금, 조금만 더 나은

그런 날들을 살아 가고 싶다.

인생을 살아 가면서

때로는 초록 풀잎에 벌렁 드러누워

파란 하늘을 쳐다보며

가슴으로 쏟아져 내리는 밝은 햇빛을 감사하는

그런 날들을 살아 가고 싶다.

인생을 살아 가면서

사람을 믿고, 자연의 원리를 믿고, 조물주의 섭리를 믿으며

의심 없이 편하게 주고 받는

그런 날들을 살아 가고 싶다.

나에게 주어진 인생길에

고맙고 감사한 것들이 많아서

믿으며 사랑하며 감사하는

그런 날들을 살아 가고 싶다.

즐거움 끝에는

오늘
친구 다섯 사람을 앞에 앉혀 놓고,
바로 어제 잡은
왕새우로 튀김을
만들었습니다.

나는 서서 프라이하며,
즉시로 서브하는
따끈한 즉석 튀김.

그 이상 맛있는 음식이 어디 있겠습니까?
다들 즐겼습니다.
샤도네이도 좋았고요.

디너 파티가 끝나고
배웅하러 밖에 나가 보니

달이 휘영청 밝더군요.

오늘이 보름일까?

갑자기

외로운 생각이 들었습니다.

이유도 없이.

외로워야 할 이유가

하나도 없어야 할

나에게

외로움이 갑자기

몰려오는 것은 왜인지

모르겠습니다.

저 달을 보고 누가

내 생각을 해 주는

사람이 하나라도, 어디 있을까?

갑자기 철없는

생각이 들었답니다.

내 나이 칠순이 넘었는데 말입니다.

아니, 그래서일까요?

아마 그래서일 겁니다.

가장 무서운 것

우리 인간은

발전 과정에서 다른 동물들과는 달리

도구를 사용할 능력을 길렀으며

도구를 사용하여 의식주의 문제를 해결하였다.

톱과 도끼로 나무를 잘라 안전하게 잘 곳을 마련할 수 있었고,

삽과 호미로 먹을 식량을 기르는 법을 배웠고,

도구로 사람보다 더 큰 동물을 잡고 사냥을 하였다.

거기서 그치지 않고 우리 인간들은 우리가 만든 무기를

다른 인간을 죽이고 정복하는 데 사용해 왔다.

창, 칼, 화살, 도끼, 총, 기관총, 대포, 미사일, 폭탄,

원자탄으로 시작한 핵무기 등등.

요즘 지면뿐 아니라 인터넷에

돌아다니는 수많은 글들을 보면서

우리가 만든 무기 중 제일 무서운 것이

'글 탄'이라고 해도 과언이 아닐 것이라는 생각이 든다.

키보드를 두드려 만들어 내는 글들은
수류탄보다 더 많은 사람을 쉽게, 심하게,
남들이 모르는 사이에 다른 사람들을 해친다는 생각이다.
특히 인터넷에서 그렇다.

어떤 글들은 교묘한 글재주로
헛된 거짓 이야기를 아주 믿을 수밖에 없도록
포장하여 올린다. 어떤 것은 영상까지 더해
누구나 믿을 수밖에 없게 잘 만든다.
소위 악플이라는 것도 그중 하나이다.

인터넷 세상이 된 지금
글 탄은 어느
어떤 무기보다도 무서운 것이라는 생각이 든다.

자살이라…

오늘 한국 뉴스를 보면서

'자살'을 생각해 보게 된다.

아무리 살아도 백 년을 못 사는 인생,

그중에 철없어 기억도 안 나는 몇 해,

너무 늙어 기억도 헷갈리는 말년의 몇 해,

그리고 자는 시간 쉬는 시간 빼면

몇 년이나 살다 가는 인생인가?

그도 채 못 마치겠다 하여

스스로 목숨을 끊는다는

이 현상은 무엇인가?

누가, 왜, 이런 최악의, 최후의 선택을 하는가?

조금 기록물을 뒤적여 보니

자살이라는 현상은 생각보다 너무 많다.

더구나 한국은 세계 여러 나라 중

자살률로도 저 맨 위에 있다.

세계에서 열한 번째,

일 년에 자살하는 사람이 10만 명에 24명꼴이라니,

한국에서 일 년에 자살하는 사람이 무려 1만 2천 명,

하루에도 자살하는 사람이 33명이라 한다.

자살은 여자보다는 남자,

젊은 사람보다는 노인,

무식한 사람보다는 유식한 사람,

후진국보다는 선진국에 더 많다.

그중에 하나가 바위에서 뛰어 내려

많은 사람을 울린 노무현이고,

다른 하나가 한강에 몸을 던져

소리 없이 사라진 남상국 사장이다.

요즘의 뉴스이다.

미국에서 사람들이 스스로 목숨을 끊는 방법은

남자는 총을 쏘고, 여자는 약을 먹는다.

어떤 이는 목을 매거나,

자동차를 몰고 가다가 들이받아 영원히 가 버린다.

모든 사람들이 성공했다고 부러워했던 미국 상원의원까지 된
내 친구 하나는

차고 문을 닫고 차 시동을 걸어 가스로 질식사했다.

자살은 성격 문제도 있겠고,

신체적 병, 즉 타이로이드 문제 같은 것도 있다지만,

전문가들은 자살은 거의 대부분 정신질환을 치료하지 않았기
때문에 생긴다 한다.

살아 가다가 어느 날 콱 죽고 싶다는 심정이 되어 보지 않은 사
람은 별로 없을 듯하다.

사랑에 실패, 사업에 실패… 무엇무엇에 실패해 보지 않은

사람은 없다.

비관, 좌절감, 허무감, 염세관 등등이 우리를 자살로 이끈다.

그러나 모든 실패가, 역경이, 가난이 자살로 이어지지는 않는다.

오히려 그것 때문에 분발하는 사람이 더 많다.

자살하고 싶은 생각이 들 때,

우리는 손을 내밀 수 있어야 한다.

그것이 친구, 친척, 애인, 이웃, 신부, 목사,

아, 물론 정신과 의사일 수 있다.

하여간 손을 내밀 수 있어야 한다.
자존심 때문에 손을 내밀 수 없을 때,
손을 내밀어도 잡아 줄 수 있는 사람이 없을 때,
그때 사람은 끈을 끊는다.

부건, 명예건, 건강이건 가져 보았던 것을 잃고
못 견디는 남자,
선진국에 살고, 고등교육을 받은 노인, 늙은 한국인,

그게 누구더라?
나던가,
당신이던가?

나도 언젠가 당신이 필요할지 모르지만,
당신도 내 손이 필요하면,
언제든지 연락주세요.

금강산을 찾아 갔던 서양화가 릴리언 밀러

우리나라에는 산이 많아서

북으로는 백두산이 있고 남으로는 한라산이 있으며

그 사이 여기저기 묘향산, 지리산, 인왕산 등등의 명산이 수도 없이 많지만,

한국을 조금 아는 서양 사람도 알 만한 산을 하나 꼽으라 하면

역시 금강산이 될 것이다.

4천 년의 은둔생활을 끝내고 개항을 한 조선을 찾아 왔던

서양 사람들은 교통, 숙박, 식사 문제가 말할 수 없이 불편한데도

금강산은 꼭 찾아 갔었고,

죽을 고생 끝에도 보람 있는 여행이었다고 기록을 남기고 있다.

서양인으로서 최초의 여행 기록을 남긴 캠벨 영국 부영사로 시작해서(1889년)

한국을 방문하고 기록을 남긴 외국인들은 거의 빠짐없이 금강산 기행기를 남겼다.

박영숙, 김유경 두 사람은《서양인이 본 금강산》이라는 책을 출

판하기도 하였다.

예부터 그 절경의 산은 이름을 여럿 가졌는데,

다 합치면 10개가 넘는다 한다.

금강金剛, 봉래蓬萊, 풍악楓嶽, 개골皆骨,

열반涅槃, 기달怛怛, 선산仙山, 중향성衆香城, 상악霜嶽, 설봉雪峰 등이다.

그중에도 사시사철 그 모습이 달라지는 것을 이유로

봄에는 금강산, 여름에는 봉래산, 가을에는 풍악산, 겨울에는 개

골산이라 하였는데,

금강산이라는 이름은 고려 중엽부터 널리 쓰이기 시작했다 한다.

원래 봄의 산을 금강산이라 함은 봄 햇빛에 반짝이는 것이

보석 중의 보석인 다이아몬드 같다는 뜻도 있을 것이고,

불교가 성했던 고려 시절, 그 아름다운 산 여기저기에

절을 지어 불도를 전파하고 닦았기 때문이다.

《금강경》은 중요한 불경 중의 하나임은 주지의 사실이다.

열반산, 중향성산이라는 이름도 불교와 연관되어 있다.

서양인들이 한국 최고의 명산을 금강산이라 부르는 것은,

영어로 Diamond Mountains 하면 알아듣기 쉽고 기억하기 좋고,

또 적절한 표현이어서가 아닌가 한다.

개골산이라 하면 서양인이 발음하기도 어렵고 알아듣기도 쉽지 않을 것이다.

미국의 여성 화가 릴리언 밀러Lilian Miller는 일본에서 태어났지만,
조선에 영사로 와 있던 외교관 아버지를 따라
서울에서 소녀 시절을 지냈다.
한국전쟁 때 불타 없어져 새로 지었다는
유명한 절 마하연을 그려서 그 옛 모습을 남겨 주었다.
유일한 마하연의 그림은 역사적 · 문화적 의미가 크다.

일본의 우키요에 화가들은 그림을 그린 후에는
평생을 그 일만 하는 장인들에게 목판에 새기는 일을
맡겼을 뿐 아니라 채색도 전문 장인에게 맡기곤 했다.
그러나 릴리언 밀러는 목판화를 만드는
전 과정을 스스로 처음부터 끝까지 해 내었다.
따라서 같은 목판화 하나를 가지고도
색채를 달리한다던가, 약간의 변화를 이용하여
다른 효과의 그림을 만들어 놓은 작품이 다수이다.

166

그중 하나가 릴리언 밀러의

봄, 여름, 가을, 겨울의 사계절 금강산이다.

1928년 작품인데, 정확히 말하면 여섯 개의

variation이 있다.

그에 더해서 릴리언 밀러는

'Cathederal Cliffs, Diamond Mountains, Korea'라는

제목을 붙인 그림을 그렸는데,

금강산의 만물상 모습이라고 추정된다.

금강산을 찾아 갔던 서양화가 엘리자베스 키스

금강산을 화폭에 담은 서양화가를 말하면서

어찌 영국 화가 엘리자베스 키스를 소개하지 않을 수 있을까?

그녀는 찾아 가는 길이 아주 험난했던 금강산을 방문하던 때의
이야기를

《Old Korea》라는 책에 썼을 뿐 아니라

장안사인지 밝히지는 않았지만 금강산에 있는 절에 묵으면서

그림 석 점을 남겼다.

금강산의 웅장하고 신비한 산과 경치를 그린

릴리언 밀러나 다른 화가들과 달리 사람을 초점으로 그린 것은

역시 엘리자베스 키스의 특징이다.

평양의 절경지인 부벽루에 앉아 연광정을 그리면서

서 있는 나무 하나도 놓치지 않고

사실적으로 그렸던 엘리자베스 키스가

상상을 가미해서 그린 그림이 단 두 점 있는데

Nine Dragon Pool, Diamond Mts. Korea

모두 금강산 방문 시에 그린 것이다.

하나는 구룡연과 스님을 그린 것이다.
전설에 따르면 구룡연에는 아홉 마리의 용이 살고 있었는데
어찌나 소란스럽게 소리를 치는지 사람들이 무척 괴로워했다
한다.
그래서 부처님에게 빌었더니 저 멀리 어디 인도에서든가
스님들이 하강하여 용들을 쫓아 주었다는 것이다.

키스의 그림에는 하늘에서 내려 오는 스님들이 보인다.
맨 밑에는 부처님께 빌고 있는 사람의 모습이
보일 듯 말듯 아주 작게 그려져 있다.
결국 여기에서도 키스는 그림에 사람을 넣었다고
해야 할까?

다른 금강산의 그림에는 사람은 전혀 없고
용들만 구룡연 여기저기에서 놀고 있는 모습이다.

키스가 상상의 이야기를 화폭에 담은 것은
이것들이 전부다.

지금은 북녘의 일부가 되어

폐쇄된 아름다운 금강산,

언제쯤에나 우리 누구나 쉽게 금강산 구경을 떠날 수 있을까?

지금은 북녘의 일부가 되어

병상 감상 : 옷을 벗으며

수술하러 가기 전날 내 발톱이 너무 길다고 깎아 주며,

큰딸이 말한다.

"내일 아침 샤워할 때, 배꼽 속을 깨끗이 하세요.

어떤 환자는 너무 때가 끼어서 때가 돌처럼 딱딱하게 된 사람도

있다니까요."

GYN 의사로서 복강경 수술이 전문이라

직업적 견해가 독특하다.

"속옷도 깨끗한 걸로 입어요."

옆에서 아내가 한마디 보탠다.

수술 준비실로 걸어 들어 가는 환자의 발걸음이 활기찰 수가 없고,

목소리는 낮아지고, 어깨는 늘어지고, 눈빛은 멍하다.

"자, 여기 모든 것을 벗어 놓고, 침대에 누우세요."

간호사가 말한다.

결혼반지, 시계, 구두. 지갑뿐 아니라

모든 옷을 하나씩 벗어 버리고

알몸에 허접하게 앞을 가린 환자복 끈을 매는 둥 마는 둥
드러눕는다.

초라하기 짝이 없다.

옷을 벗은 인간은 초라한 마음이 되어 버린다.

옷을 벗은 인간은 자연인으로 돌아간다.

옷을 벗은 인간은 더 이상 부끄러울 것이 없다.

바닷속의 물고기는 비늘을 덮고 있지만,

땅위를 걷고 하늘을 나는 모든 동물은 털로 몸을 감싸고 산다.

털은 주위의 온도 변화로부터 몸을 보호해 주는 동시에

다른 동물에게 자기를 과시하고, 위협하며, 매력적으로 보이게

하는 역할을 한다.

고도의 진화를 이룬 인간은

털 대신 옷을 입고 산다.

정 필요한 몇 곳에 긴 털을 남기고 나머지는 모두 퇴화시켜 버

렸다.

머리의 털은 제일 귀한 머리를 태양빛과 눈비로부터 보호해 주며,

겨드랑이의 털은 異性의 눈길을 끌기에 제격이다.

생식기의 털은 자기의 자랑스러운 물건을 더 크고 웅장하게 보

이게 하고

강력한 메시지를 상대방에게 보낸다.

나머지 부분은 옷으로 치장을 한다.

여름 옷 겨울 옷을 철따라 갈아 입을 뿐 아니라,

옷은 단순한 육체 보호의 의미를 넘어,

그 이상의 사회적 역할을 하게 되었다.

남에게 내가 얼마나 부유하며, 얼마나 교양을 갖추었으며

얼마나 미적 감각이 발달했는가를 보여 준다.

계급장을 단 군인은 자기의 위신을 간단하게 표시하며,

화려한 종교의식의 예복을 갖추어 입은 승려, 목사, 교황 등 층

층의 계급은

신의 권위를 한층 더 높일 뿐 아니라 자기의 위치를 존엄하게

만드는 것이다.

흰 가운을 입은 의사, 간호사, 간호 보조원은 자기의 기능을 설

명하며

능력을 보여주려 한다.

유명한 패션 디자이너의 값비싼 옷을 입고 오스카 시상식 때 일

분 동안

카메라에 잡히려고 등장하는 연예인들은 자기의 상품가치를 높이기 위해

돈을 아끼지 않는다.

사회생활을 하는 우리는 사회적 의미를 지닌 옷을 입지 않고는 생활하지 못한다.

그 옷을 다 벗겼을 때,

우리는 자연인으로 돌아간다.

별것도 아닌 자연인이다.

권위를 자랑하는 유니폼을 입은 의사나 간호사가 명령하는 대로

나는 하잘것없는 벌거벗은 노인 환자일 뿐,

더 이상 가릴 것도, 보여 줄 것도, 주장할 것도 없는

초라한 존재로 나락한다.

마취 주사 한 방에 잠드는지도 모르게 나는 의식을 잃었다.

병상 감상: 아이티

코에 팔에 등에 줄줄이 매달고

수술실에서 실려 나오는 나의 꼴은

남이 보기에는 비참했겠지만

정작 당사자인 나는 마치 긴 잠을 자고서 깬 듯

모든 욕망도 사라지고, 모든 '해야 할 일'도 사라진,

그저 평온하기만 한 상태이다.

척추에다 주사 바늘을 꽂고 계속 투약하는

에피듀랄이라는 마취법 때문에

통증이 하나도 없다.

너무나, 너무나 신기한 일이다.

요즘은 산모가 TV 보면서 애를 낳는다더니

이제야 이해가 간다.

멍한 눈으로 보는 둥 마는 둥 하는 TV에서는

최악의 아이티 지진 사태를 보도하고 있다.

그러지 않아도 폭정과 가난에 시달리는 그 나라 사람들에게
이것은 무슨 일이란 말인가?
10만 명이 죽었는지, 35만 명이 죽었는지,
부상자가 얼마인지도 알 수 없는 근대 역사상 최대의 참사이다.

"Oh, my God! Why? Why?"

나는 교회에서 공중기도할 때, 곧잘 기도하곤 했다.
"전지전능하시고, 긍휼과 은혜가 넘치는 하나님.
공중에 나는 새도 하나님의 뜻이 아니면 떨어지지 않고,
한 폭의 풀도 상하지 않는 것을 아옵니다.
우리의 생사화복을 주장하시고
우리의 일거수 일투족을 관찰하시는 줄 아옵니다."

그다음에는 대개 우리가 필요한 것들을 간구하는 기도문이다.
병을 낫게 해 달라 하기도 하고,
시험을 잘 보게 해 달라 하기도 하고,
친구를 위해, 신도를 위해 기도하기도 한다.

우리는 하나님이 우리 개개인의 삶을 주시하고,

관장하고, 상 주고, 벌 준다고 믿는다.

신도들 모두는 아니겠지만, 많은 사람이 그런 생각을 하지 않나 싶다.

즉 God은 단순히 창조주요 절대 권위자인 God이 아니라,

나를 돌보아 주시고,

나를 아끼시는

personal God인 것이다.

이런 무차별한 대참사가 일어날 때는 참으로 이해하기 어렵다.

쓰나미, 지진, 폭우, 전쟁, 화산 폭발, 전염병 등으로

수도 없이 많은 사람이 무차별하게 고통을 받고 죽어 갈 때,

우리를 돌보시던 하나님은 어디에 계신 것일까?

나는 평안히 병실에 누워서

의료진과 가족의 간호를 받으며 누워 있는데….

저 아이티의 수많은 사람은

울부짖으며 죽어 갔고,

고통 속에서 죽어 가고,

굶주린 채 살아 가는 것이다.

우리의 역사를 집단적으로 관할하시는 하나님과
개개인의 아픔과 슬픔을 치유해 주시는 하나님은
같은 하나님인가?

"Oh, my God. Who are you? And where are you?"

병상 감상: 아이쿠, 이제 다 살았다고?!

生老病死

生者必滅

이 몇 자의 익숙한 단어에 모든 종교의 기원(origin)이 있지 않나 싶다.

왜 이래야 하나? 하는 의구심을 가질 만큼 지능이 발달한 인간,

아, 피하고 싶다! 하는 두려움을 가질 만큼 감성적인 인간,

안 그럴 수 없을까? 하는 염원을 떨쳐 버리지 못하는 미래를 바라보는 인간.

그들 속에 종교는 땅에서 물이 솟듯이 자연스레 생겨난 현상이라는 것이 나의 단순한 생각이다.

인류의 기원이 5천 년 전인지 7만 년 전인지,

또는 그보다도 더 이전인지는 모르겠지만,

하여간 우리가 알고 있는 여러 종족의 역사 속에는

반드시 신화와 종교가 있고, 그런 것들이 발달하고 정제되어

문화라는 것이 생기는 게 아닌가 싶다.

우리가 이해하지 못하는 우주의 현상이 너무도 많은 것을 설명하려는 노력, 그 과정 속에서 생겨난 것이 고대 그리스인들이 만들어 낸 신화이다.

다만, 그들은 여러 신들의 존재를 생각했고, 그 신들은 각자 장점도 있었지만 못하는 것도 있었고 그들도 인간과 똑같이 희로애락의 감정을 가지고 생활했다.

그리스인들은 이래저래 생기는 여러 자연 현상이나 인간에게 일어나는 많은 사건을 신들이 만들어 낸 짓이라고 이해했다.

그 밑에서 인간들은 나고 죽고 울고 웃는 나약한 존재였다.

그리스 신들은 애증의 관계도 있고, 전쟁도 하지만, 인간와 달리 영원히 죽지 않는 불멸성을 갖고 있기에 인간보다 우수하고 존경스러운 존재였다. 죽지 않는다는 것은 그 신들만이 가진 특성이자 특권이다.

유대인들은 유일 신 야훼와의 특별한 관계, 즉 선택된 백성으로서의 역사를 믿는다.

그들의 야훼는 아담과 이브를 창조했고, 아브라함에게 길을 떠나라 명했고, 모세에게 십계명을 주었고, 젖과 꿀이 흐르는 낙원을 약속하였다.

다만, 이런 야훼의 말씀을 잊어 버리고 그의 명을 거역할 때, 진노하는 야훼는 유대인들을 엄하게 벌 주셨다. 그들의 종교는 내세를 약속하는 하나님과의 이야기가 아니라, 오늘을 살아 가는 힘이 되어 주는, 절대적 능력을 가진 보호자를 순종하는 선택된 민족, 즉 유대인과의 특별한 관계의 기록이다.

오늘날 서구 문명의 주춧돌이 된 기독교(Christianity)는 유대인 중심의 역사를 초월하여 '부활하신 예수'를 믿는 모든 사람들의 종교라고 말한다면 너무 간단할까?

예수를 믿으면 영원히 살 수 있다는 소망을 가지고,

영생을 확실히 믿으며, 사랑을 통해 그 길을 걸어 가자는 것이 기독교인이다.

십자가에 못 박혀 돌아가신 예수가 인간이면서도 신이며,

동시에 영원한 하늘 나라에서 우리를 기다리신다고 믿는 것이다.

예수는 신이 아니며, 무함마드야말로 절대 신 알라의 진정한 메신저라고 믿는 것이 이슬람교이며, 예수의 어머니 성모 마리아는 무한히 자비하다는 점에 중점을 두는 것이 가톨릭이다.

반면, 불교는 제행무상을 한탄하며, 생로병사를 피하기 위해서는

어느 절대자에게 의지하기보다는 자신의 마음을 비우고, 불경을 통해

해탈의 경지에 이르려고 하는 것이다.

자기 속을 들여다보며 무한히 비움으로써 얻는다고 믿는 것이 소승불교라면,

자비를 적극적으로 베풂으로써 중생을 구하고 자기를 구하려는 것이 대승불교라고

어렴풋이 이해하고 있다.

겨우 상식선을 넘지 못하는 나의 종교에 대한 생각은 그렇거니와,

매년 하는 정기 진단의 일부로 엑스레이를 들여다본 의사는 "You have a cancer"라고 말하며 코도마chordoma(척색종)라고 부르는 이 암은 아주 희귀한 종류로서 300만 명 가운데 한 명 걸리는 것인데 치료법은 아직 없다고 했다.

수술을 시도할 수는 있는데, 척추뼈 속에 자라는 암세포만을 제거하는 것이 쉽지 않음은 말할 것도 없고, 성공적으로 제거해도 재발하는 경우가 많다고 했다. 만약 수술을 하다가 척추를 통해 전신을 관장하는 신경을 잘못 건드리면 하반신이 마비될 수 있고 휠체어에 의존할 수밖에 없게 된다고 했다.

방사선 치료법도 있는데, 효과에 대해서는 논란이 있고 아직 실험 단계라 했다. 최첨단의 치료법으로 양성자 치료(proton treatment)라는 것이 있는데, 그 치료 설비는 미국 전역에 몇 군데 밖에 없는 데다 무척 비싸다고 한다.

이런 사형 선고 같은 소식에 기독교 가정에서 잔뼈가 굵은 나로서는

하나님과 그의 자비로운 손길을 열망하는 생각을 떠 올리지 않을 수 없었다.

하지만, 아무리 생각해도 신실한 믿음이 부족한 나에게는

그것은 염치없는 요구이자 기대라는 생각을 금할 수 없다.

우리에게는 우리보다 더 능력이 있고, 현명하고, 능하지 않은 것이 없는 존재에 의지하고 싶은 마음이 항상 있다.

우리는 얼마나 나약한 존재인가? 그러면서도 우리는

나약함을 알 만큼의 지능을 가지고 있다.

우리는 아픈 것을 알고, 피하고 싶은 마음이 항상 있다.

어려서는 어머니가 제일 믿음직스러웠다.

길을 가다 돌에 걸려 넘어져 피가 터지면,

나도 모르게 "어이쿠! 엄마!!" 하고 울었다.

화장실이 집에서 멀리 떨어져 있던 시절, 밤에 나갔다가 헛것이

라도 보이면,

"엄마, 나 살려!" 하고 뛰었다.

차차 장성하여 어머니도 한 인간일 뿐이라는 것을 자각하면서

어머니가 다 해 줄 수 없다는 것을 알게 되었지만…

이제 의사로부터 현대 의학으로도 고칠 수 없는

불치의 병인 코도마라는 암이 내 척추에 자라고 있다는,

그래서 어쩔 수 없이 생의 마지막이 빤히 들여다보이는 순간에,

"어이쿠, 하나님. 제가 잘못했습니다.

그저 살려 주십시오. 믿습니다! 믿습니다!" 하는 마음이

우러날 수 있다면 얼마나 좋을까?

언제부터 나에게 사탄이 들어 온 것일까?

왜, 문자 그대로 우리 개개인의 생사화복을 돌보시는 personal

God을 손쉽게 받아들이지 못하는 것일까?

그런 신앙심이 없다면, 차라리 노자나 장자의 철학을 받아들여

생로병사의 과정을 자연스러운 현상으로 담담히 받아들일 수

는 없을까?

마사지, 이래도 되는 건가?

이젠 제법 커져 버리고 만

딸내미들이 한턱낸다고

별들이 더덕더덕 붙은 호텔로 나를 무조건 모신 것까지는 좋았

는데,

들어 가고 보니 호텔에 있는 스파에 이미 예약을 했다는 것이다.

"대디, 스파 못 해 보았죠?"

"해 본 적 없어!"

(실제로 미국에서는 한 번도 해 본 적이 없고, 서울에서 한 번 간 것이 전부다.)

"그러니까 오늘 한번 해봐야 해요.

다 예약해두었으니까,

시간 맞춰 내려가기만 하면 돼요.

우리가 문 앞까지 안내할 테니까, 걱정 마세요."

"어, 나 이런 거 싫어하는데⋯."

"해 보면 좋아하실 거예요. 근데

남자로 할까요, 여자로 해 달라고 할까요?"

"예끼, 난 남자는 싫다. 그러지 않아도 남이

만지는 거 징그러운데! 여자라면 몰라도."

피하지 못하게 다가오는 현실에

그만 진실의 한자락을 노출했나 보다.

"내 그럴 줄 알았지요….

근데 대디, 여기서는 쓸데없는 농담 하면

절대 안 돼요.

No inappropriate remarks, please!

농담하지 말라고 했다는 그런 농담도 안 돼욧!"

아니, 애들이 나를 아주 촌놈 취급하는구먼!

(난 사실 좀 어색한 경우에는 농담을 잘한다)

"알았어, 알았어."

그래도 안심이 안 되는지,

얼마 전에 한국에 다녀온

시집도 안 간 딸이

눈도 꿈쩍 안 하고 웃으면서 한다는 소리가,

"No touching here. Understand?"
(여기서는 손대는 거 없어요. 아시겠죠?)

이놈들이 벌써 어른이 되었다는 것을
대견스러워해야 하는지,
세상이 말세가 되어 가는 건지,
내가 애비 노릇을 너무 잘한 건지, 너무 못한 건지….

마사지하는 여자가 이것저것 묻는데도
나는 말 한마디 건네지 못하고
엎드려 있을 때 숨 쉬라고
뚫어진 구멍에 코를 박아 대고
속으로 드는 생각이

세상에나,
딸들이 애비에게
이래도 되는 건가?

새와의 사랑

사랑은 이기적이다.

내 사랑은 이기적이다.

새들에게 먹을 것을 주면

그들은 스스로 모이 찾는 법을 배우지 않게 되고

게을러지고 쉽게 모이를 찾아

사람 사는 집 가까이 날다가

유리창에 부딪힐지도 모른다.

그러기에 먹을 것을 주어서는 안 된다고 한다.

하지만

아침마다 나는 신문을 가지러 나갔다가는

으레 모이통에

모이를 한 줌씩 넣어 주곤 한다.

모이를 넣어 주는 것도 즐거움이고

조금 있으면 기다렸다는 듯이 날아와 앉아서

아침을 먹는 새들을 보는 것이 즐겁다.

모든 것이 다

나의 이기적인 사랑인 것이다.

나의 즐거움을 위해서

그들을 나의 정찬석에 초대하는 것일 뿐이다.

새들의 사랑도

이기적이고 야속하다.

며칠만 모이를 주지 않으면

발길이 뜸해진다.

내가 여행이라도 떠나서

한 달 동안 모이를 채워주지 않으면

발길이 뚝 끊긴다.

언제 내가 아침마다

너의 뒤뜰에 와 앉아서

오순도순 식사를 하며
즐겁게 지냈느냐는 듯이!
새들의 사랑도 짧기 비할 데 없다.

누가 사랑은 그냥 주는 것이라고 했던가.
누가 사랑은 그냥 받는 것이라고 했던가.

새들의 사랑은 모이 있는 곳을 기억하는
사흘 정도 유지되는데….

우리네의 이기적인 사랑은
주고 받음이 끝난 후
며칠이나 갈 것인가.

살아 버린 인생, 살아 갈 인생

한참 젊었을 때는 죽는다는 것은 생각할 수도 없는 일이었고,

설사 주위에서 누가 죽었다는 이야기가 나와도 그것은 남의 이

야기였을 뿐이다.

냉철한 마음으로 '인생'이라는 것을 심각하게 생각하는 때

모든 생물 중의 하나인 우리 인간도, 그리고 그중 하나일 뿐인

나도,

결국 죽음은 피할 수 없다는 것을 자각하면서도

죽음이라는 것은 피부에 와닿지 않는 하나의 개념이었을 뿐이다.

그럭저럭 살다 보니 이제 그런 나이가 되어

동창생 명부에 고인이 된 사람의 수가 늘어 가는 것을 보며

남의 일 같지 않게 생각이 슬며시 들다가도

그 친구들은 그럴 이유가 있었다고 생각하곤 했다.

그 친구는 어렸을 적부터 건강이 신통치 않았다거나,

술과 담배를 너무 많이 했다던가 하는 이유가 있었고,

나에게는 그럴 이유가 없는 거 아닐까 생각을 하곤 했다.

한 달여 전에 서울 갔을 때 친구들과 골프를 치게 되었다.
유난히 더운 날이었던 데다 한 시간이나 걸려서야 가는
골프장이었다.
흠뻑 옷을 땀으로 적시며
속으로는 이거 돈 쓰고 무슨 짓이야 하는 생각을 금치 못했다.

샤워를 하고 나오니 저울이 있었다.
나이, 성별, 몸무게를 넣으라 하고
손으로 잡아 당기는 것도 하라 하고…
'인쇄' 누르니 옆에 있던 프린터에서
'진단서'가 찍혀 나온다.
나는 체중 초과가 30퍼센트, 신체 나이는 내 실제 나이보다
5년이 더 많다는 거였다.
그러니까 5년을 이미 더 살아 버렸다는 이야기이다.

헉!
미국에 있는 집에 돌아가면,
매일 골프장에 가서 최소 9홀이라도 걸어서 치며 운동을 해야
지 하고
속으로 다짐했다.

미국 골프 클럽에서는 회원인 경우 칠 때마다 그린피를 내지 않아도 되니

한 달에 30일을 쳐도 비용이 더 나가지 않는다.

지금 한창 좋은 이 나이에,

5년을 더 못 살고 가야 한다니!

집에 돌아온 지 벌써

두 주일이 지났는데도

아직 골프를 한 번도 나가지 않았다.

수영도 가지 못했다.

그 사이에 밀린 일 처리를 한다고 책상 앞에 앉아 있다가

하릴없이 인터넷에나 들락거린다.

그러다가 우연히 'The Death Clock'라는 사이트가 눈에 들어왔다.

호기심에 클릭하고,

나이, 몸무게, 흡연 여부, 성별 등을 입력했더니,

헉, 헉, 헉!

불과 몇 년 후

어느 토요일 날에 죽을 거란다.

내가 죽을 날이 숫자로 또렷이

나를 쳐다보고 있는 것이다.

못 믿겠어, 다시 들어 가

숫자를 고쳐 본다.

약간의 변화는 있어도,

죽음의 시계는 언제나

내가 살아 갈 날을 몇 분 몇 초까지 알려 준다.

세기의 과학자 뉴턴이 엄밀하게 계산해 보니

지구의 종말이 2026년인가에 온다고

결론 내렸다는 이야기를 읽은 적이 있다.

그때 온 지구상의 인간들이 다 함께 간다면,

나도 그때 같이 가면 좀 덜 억울할 듯하다.

물론 억지 감정이지만 말이다.

인간의 목숨이 촛불과 같아서

간들간들 언제 꺼질지 모르는 게 사실이다.

살아 온 인생은 타 버린 촛불마냥

사라져 버릴 것이다.

나머지 초로 아직 촛불이 가물거리다가
깜박 꺼지고 말 때, 그날이,
과연 언제일까?

그때까지 누구에겐가
불을 비추어 주는 삶일 수 있을까?
www.deathclock.com
클릭하고,
사색 한번?

가끔 죽음의 날을 쳐다보며
살아 가는 일에 힘써 보면 좋을 것 같다.
죽을 땐 죽더라도!

오수아리와 부활의 의미

벌써 4월이니
숲속 여기저기에서
도그우드 꽃들이 하얗게 피어 오르고,
꽃집에는 하얀 백합이 한창이다.
부활절이 오고 있는 것이다.

금년에는
오수아리ossuary라는
석관 이야기가 자주 나온다.
2천 년 전에 유대인들이 탈골한 뼈들을 담아 묻어 두던 돌관이다.
예수 탄생 전후 약 백 년쯤 있었던 유대인 특유의 풍속으로, 지
금은 없어진 지 오래이다.

오랫동안 땅속에 묻혀 있던 오수아리들이
고고학자들에 의해 발굴되면서
화제가 되고 있다.

특히 2천여 년 전 예수님이 돌아가실 무렵에 살아 있었고

성경에도 등장하는 유명한 사람들의 유적이

하나둘씩 발견되고 있는 것이다.

첫째,

예수를 잡아서 정죄하며

십자가 처형을 주선했던

제사장 가야바Joseph Caiaphas의 오수아리가 발견되었는데,

고고학자들 사이에서 그것이 확실하다는 데에 이의가 없다.

당시 도도한 권세를 누리던 그의 오수아리는

정교하게 장식되어 있고

이름도 당시 사용하던

아람어로 쓰여 있다.

또 발견된 것이

가야바의 권유에 못 이겨

유대인 예수를 유대법이 아닌

로마법에 의해 십자가에 처형하면서도

자기는 죄가 없으니 손을 씻겠다고 한

로마인 통치자 빌라도(라틴어 이름은 폰티우스 필라투스Pontius Pilatus)의
기념비도 발견되었다.

어디 그뿐이랴.
예수가 처형장으로 끌려갈 때에,
십자가가 무거워 일어나지 못하니
시몬이라는 사람이 대신 십자가를
지고 갔다고 하는데,
바로 그 시몬의 오수아리도 발견되었다.

특히 중요한 뉴스는
예수님의 오수아리가 발견되었다는 것이다.
하지만 그것이 정말 예수님을 포함한 예수님 가족의 오수아리냐
아니냐 하는 데는 의견이 일치하지 않는다.
기독교 지도자 사이에서는 물론 반론이 많다.

발견된 것이 정말 예수님의 오수아리라 하면,
그것은 성경에 기록된 예수님의 일생과 큰 불일치라 할 수 있고,
부활 승천하였다는 기독교의 정통 교리와도 부합하지 않게 된다.

기독교인 중에는

부활을 문자 그대로 육체의 부활로 믿는 사람도 있고,

그런 육체적 부활론을 합리적으로 받아들이기 어려운 사람들은

부활을 영적 체험으로만 믿어야 한다고 주장하기도 한다.

우리는 어떤 부활을 믿나?

주: 가야바와 빌라도는 기원후 36년에 과도한 권력 행사와 무자비함 때문에
해직되었고, 빌라도는 결국 유배되었다.

4월의 까칠한 逆想

I.

4월 8일에 오신 부처님은

喜怒哀樂, 生老病死 80을 사시고

때가 가까워 오자 조용히 누우셔서

슬퍼도 말고, 누구 한 사람만을 따르지는 말라 이르시고

입적하셨다.

그럼에도 현재 전 세계 인구의 10퍼센트가 부처님을 따른다.

II.

다윗의 후손이라 하신 유대인인 예수님은

유대인의 謀陷으로 로마법에 의해

십자가에서 마지막으로

"저들이 하는 일을 모르니 용서하시라"고 간구하시고 돌아가셨다.

그 죄의 대가로?

유대인들은 2천여 년을 핍박받으며 살아 왔는데,

지금 세계 인구의 3분의 1이 예수님의 부활을 믿는 기독교인이다.

III.

정화수 한 그릇, 높은 산 샘물에서 받아다 놓고,

두 손 모아 산신령님 우리 아들 손자 보게 해 달라고

빌고 빌던 할머니는 70을 못 넘기고 가셨다.

지금 전 세계의 나머지 사람들은 누구인지도 모를 신에게

돈 주고 산 비싼 향 피우며 돈 잘 벌게 해 달라고 빌고 또 빈다.

IV.

會者定離 生者必滅, 지구상의 태어난 모든 생물은 결국 떠난다.

절로절로 빌고 빌던 인간들도 예외 없이 모두 떠난다.

男과 女, 富者와 貧者, 貴한 몸이나 賤한 몸, 모두 모두 떠난다.

아마 누구는 윤회할 것이다.

아마 누구는 부활할 것이다.

아마 누구는 영원히 먼 길을 걸어 갈 것이다,

우리의 기억이 우리 뇌 속에

남아 있는 한!

이방인. 어디에서 왔어요?

수입을 올리려고 그러는지
내 생각을 끔찍이 해 줘서 그러는지 모르지만,
6개월에 한 번씩은 치석 제거를 하라고 해서
어제 아침에 시간 맞추어 치과에 갔다.

치과에 가는 것이 그리 즐겁게 기대할 일이 아닌데,
더욱이 한 20분이나 기다리게 해서 속이 끓기 시작했다.
마침내 내 이름을 부르기에 나가서 의자에 앉으니,
처음 보는 30대 여자가
자기가 오늘 임시로 대신 나온
치과위생사라고 한다.
그 말을 들으니까
속이 더 안 좋아졌다.

의자에 앉아 입을 벌리고 있는데,
대뜸 한다는 소리가

“Where are you from?”

어디서 왔냐는 것이다.

헉! 이런!

'아 이놈아. 내가 아시아인의 얼굴이기로서니,

내가 어디서 왔건 그게 무슨 상관이냐?

내가 관광객으로 보이냐?

이 동네에서 내가 너보다 더 오래 살았다, 이놈아.

나이도 어린 것이, 어른에게 무슨 질문이 그 따위냐, 이놈아!'

속으로 이런 생각이 화산처럼 끓어

입을 벌린 채

말하기를 거부했다.

미국 땅에서 너보다도 더 오래 산 머리 허연 내가

너에게도 이방인이란 말이냐? 허?

입을 다물고 있었다.

그랬더니, 또 한 번 묻는 게 아닌가.

“Where are you from?”

'야, 이놈아. 내가 영어를 못 알아듣는 줄
아는 모양인데,
내가 너 같은 놈을 3천 명은 가르쳤다.
네가 내 클래스에 들어 왔으면,
몰상식하고 예의 없는 태도만으로도
F 학점은 틀림없다.'

눈을 질끈 감고
입을 다물고 있으니
그 여자도 더 말이 없다.
도대체 치과에 앉아
입 벌리고 있는 사람에게
말 시키는 치과위생사라니, 딱 질색이다.

깐작 깐작,
드르륵, 드르륵,
왱, 왱…
치과는 역시 결코 즐거운 곳이 아니다.

치과위생사의 일이 끝나자

정식 치과의사가 들어 와서

체크를 한다.

그래야 돈은 치과의사 자격으로 받고,

뚝 나누어서 치과위생사에게 일급을 줄 테니까.

오래 알던 치과의사가 나에게

요즘 어디 여행이라도 다녀 왔느냐,

한국에 갔더니 어떻더냐 묻는다.

그 녀석은 내가 누군지 아니까

대화를 안 할 수가 없다.

다 끝내고 의자에서 일어나니,

조금 전의 그 치과위생사가 또 입을 연다.

"혹시 춘천이 어디 있는지 아느냐?"고.

뭐, 춘천이라고?

알다마다. 거기에 막국수도 먹으러 갔으니까.

"그래 알아요. 서울에서 멀지도 않고…."

그랬더니 여자가 말을 잇는다.

"군인인 남편이 지금 거기 있어요.

벌써 두 번째 한국에 파견되었는데
보고 싶어 죽겠어요…."

헉, 그려?
그래서 물어 봤구먼?
내 얼굴이 일본인이나 중국인으로도
보일 수 있겠지만, 한국 사람으로도
보일 수 있으니까.

제 딴에는 남편 생각나서
이야기가 하고 싶었던 모양이다.

우리는
우리 안에 쌓인 꾸부러진 마음씨로
다른 사람의 순수한 말과 행동을
얼마나 오해하며 살고 있나.

우선
내 마음 속에서부터
이방인을 몰아 내야 하겠다.

이름 없는 남자, 이름 없는 여자

돌이켜 보면 나는 태어난 한국보다도 훨씬 더 오랜 세월을 미국에서 살았다.

그러니, 구태여 로마에 왔으니 로마식으로 살겠다고 작정을 했건 안 했건 자연히 생활 습성이나 사고방식이 미국적으로 되어 버렸어야 했다. 아마 무의식적으로 알게 모르게 미국화되어 버린 부분도 없지 않을 게다. 그런데도 아직도 내가 근본적으로 한국 사람이라는 것을 自認하지 않을 수 없는 증거가 몇 있는데, 그중 하나가 나의 이름에 대한 태도나 감정이다.

우리는 연애를 오래 하지도 않고 결혼을 했지만, 결혼을 앞두었을 즈음에는 자연스럽게 나보다 나이가 어린 그녀를 이름으로 불렀다. 하지만 한국에서 자란 그녀는 내 이름을 감히 부르지 못했다. 지금 아무리 생각해 보려 해도 생각이 나지 않는데, 정혼 전에는 물론이고 결혼을 한 이후에도 아내는 내 이름을 부르지 않은 것 같다. 결혼하고 일 년이 조금 지나서 아이가 생겼고, 그때부터 아내는 아이들에게 말할 때 나를 '대디'라는 대명사로 지칭했고, 다른 경우에는 '여보'라고 했다. 요즘 사람들이 하는 식으로 아무개 씨라고 부른 적도 없고, 내가 감히 아버님이 지어 주신 이름을 버리고 미국식 영어 이름을 만들지 않다 보니 John이나 Ben 그렇게 부를 수도 없었다.

나는 서당에 가서 사서삼경을 외우며 삼강오륜의 진수를 뇌에 새겨 넣는 교육을 받은 것도 아니고, 기껏해야 身體髮膚 受之父母 정도를 어디에선가 배워서 알고 있을 정도였는데도, 왠지 부모님이 지어 주신 이름을 혼자 마음대로 바꾼다는 게 죄송스러운 일이라 미국 시민권을 얻을 때도 얼떨결에 이름을 Young-dahl Song이라 적어 놓았는데, 그것이 내내 사소하지만 불편하게 만든 것은 말할 것도 없다. 예를 들면 비행기 표 예약을 할 때, 퍼스트 네임에 하이픈을 넣어야 하고, 또 그렇게 긴 이름은 입력이 안 되는 경우가 허다하기 때문이다. 그래서 나의 이름, 특히 first name은 이래저래 나에게 문젯거리가 되었다. 미국인 치고 내 이름을 한 번 듣고 기억하거나 제대로 부를 수 있는 사람은 거의 없다. 그것이 인간관계는 물론 사회생활에도 불편함을 준 것은 말할 것도 없다.

내 주위의 한국 사람 중에 남편이나 아내의 이름을 부르는 사람이 있기는 하다. 주로 어렸을 적에 미국으로 와 여기서 결혼한 사람들이 그렇다. 하지만 지인 대다수는 한국에서 자란 사람

들이고, 그 사람들은 남편이나 아내의 이름을 부르는 경우가 별로 없다. 미국 사람들과 모인 자리에서 영어로 대화하면서 "John is my husband" 한다면 어색할 것 없지만, 한국 사람들과 만나는 자리에서 한국어로 대화하면서, "승국이 내 남편입니다" 한다면 조금 귀에 걸린다. 또 미국 사람이 섞여 있는 자리에서 "This is my husband, Mr. Kim" 한다면 그도 어색한 노릇이다. 미국에서 Mr.나 Mrs.는 아주 공식적인 자리에서만 붙이기 때문이다. 하여튼 이런저런 일로 이름이라는 것이 작은 문제이지만 쉽게 해결되지 않는 걸림돌이 되기도 한다.

그래서 평생 나는 유독 아내에게만은 '이름 없는 남자'가 되어 버렸다. 우리의 대화는 호칭 없는 대화이다. 미국 사람이면 당연히 "John, can you open this for me?" 했을 터이지만, 우리 부부는 그냥 "이것 좀 열어 줘요" 한다.

그러다가 요즘 한국 가서 보니 많은 친구들이 호號를 만들어 사용하고 특히 학교 동기들이 웹에서 글을 쓰거나 편지를 쓸 때 호를 많이 쓰는 것을 보게 되었다. 이제 나이가 들고 보니 며느리나 어린 손자 손녀 앞에서 중학교 때처럼 서로 이름 부르기가 민망해서 그런 풍조가 생겼다는 것이다. 듣고 보니 일리가 있어 나도 호를 하나 만들어 사용하고 있다. 사석에서 친구들끼리 아무개 박사, 아무개 교수, 아무개 회장, 어쩌구 하는 것보다, 친근하기도 하고 지나친 공대도 아니기에 듣기도 부르기도 편하다.

얼마 전 결혼 몇십 주년 기념일이었는데, 미처 생각이 나지 않아 선물도 준비하지 못했다. 궁여지책으로 요리를 자청했고, 식탁에 촛불도 켰다. 와인 잔을 들고 식탁 건너편에 앉은 노년의 아내를 쳐다보았다. 그러다 문득 나도 요즘은 아내를 이름으로 부른 지 오래라는 것을 깨달았다. 미국 사람들과 대화하면서 아내를 지칭할 때는 이름을 사용하지만 말이다.

아내에게 불쑥 말했다. "여보, 당신도 이제는 호를 하나 만들구려!"

나의 의중을 모르니, 또는 알았다 한들 달라졌을지는 모르지만, 아내의 반응은 즉각 거침이 없다.

"호는 무슨 호? 여자가 무슨 호를 만들어요?"

"뭐 어때서 그래. 호 하나 있으면 좋지 않아? 신사임당도 호가 있었는데."

"신사임당이야 유명한 여자니까 그렇지. 그 시절에 여자는 이름도 없었어요. 신사임당 말고 또 이름이나 호 가진 여자 알아요? 황진이 같은 기생 빼고!"

무식이 풍부해서 조선시대에 호 가진 또 다른 여성이 떠오르지 않았다. 우리 고조할머니도 일본 사람들이 들어 와서 인구 조사를 위해 호적이라는 것을 만들 때에야 비로소 이름이란 것을 받았지 않나 싶다. 그전에는 여성은 그야말로 '이름 없는 존재'에 불과했다.

서양 선교사들이 1890년대에 한국에 들어와 선교 활동할 때, 새 신도의 대다수가 여자였다. 그 여자들은 서양 이름으로 세례를 받았고, 교인으로서 그리고 새로 태어난 하나의 인격체로서 인정받게 되었다. 그들은 '천주님'을 믿기로 한 대가로 자기 고유의 이름을 받은 것을 지상의 기쁨으로 여기지 않았을까? 그랬기에 많은 여성들이 천주님을 안 믿으면 살려 주겠다고 해도, 끝내 천주님을 배반하지 않고 순교자로서 죽어 갔던 것이 아니겠는가?

시인 김춘수가 수많은 시를 썼지만, 그중 〈꽃〉이라는 시로 모두에게 알려진 것도 우리가 이름이란 것으로 우리 존재를 확인하기 때문이 아닐까? 그의 시를 아래에 옮겨 본다.

내가 그의 이름을 불러주기 전에는

그는 다만

하나의 몸짓에 지나지 않았다

내가 그의 이름을 불러주었을 때,

그는 나에게로 와서

꽃이 되었다.

내가 그의 이름을 불러준 것처럼

나의 이 빛깔과 향기에 알맞은

누가 나의 이름을 불러다오

그에게로 가서 나도

그의 꽃이 되고 싶다

우리들은 모두

무엇이 되고 싶다

너는 나에게 나는 너에게

잊혀지지 않는 하나의 눈짓이 되고 싶다

이제, 이 자유로운 세상에서 이름을 마음대로 짓고 부르며 살게 되었는데도, 나는 아직도 아내에게만은 '이름 없는 남자'이고, '이름 못 부르는 이름의 남자'이다. 나도 아내의 이름을 불러본 지가 오래다.

이렇게 이름 없는 남자와 이름 없는 여자가 미국에서 한국을 못 버린 채 살아 가고 있다.

'국민학교'밖에 못 다녀서

서울에서 오랜만에 누이가 와서

전혀 중요하지 않은 일상 이야기를

거침없이 생각나는 대로 나누다가

요즘 젊은 사람들의 옷차림에 대한 이야기가 나왔다.

"아, 글쎄 요즘 아이들은 배때기 내 놓는 것을

자랑스럽게 생각한다니까요?"

한참 후에 누이가 말했다.

"요즘 배때기라는 단어는 잘 안 쓰는데….

내가 가만히 들으니까, 동생이 요즘 한국에서는 안 쓰는 단어를

쓰네?

오줌 누러 간다던가, 주둥이, 대가리, 꼬랑지 등등…."

"예?"

그만 무식이 체포되고 말았다.

"그럼…"

218

"배를 노출한다던가, 소변을 보러 간다던가,

그렇게 표현해야지.

새의 입도 주둥이가 아니고 부리라 하고,

생선도 머리를 잘라 달라고 하지, 그렇게 대가리라고 안 하지."

얼마 후에 무공해 농산물에 대한 이야기가 나와서, 나의 의견을
피력했다.

"사람들은 무공해 채소라고 비싸게 사 먹지만,

농장에서 일하는 사람들이 대부분 멕시코 이민자들인데,

그 멕시코 일꾼들이 일하다가

밭고랑에서 소변도 보고,

혹시 대변도 볼지 모르지요?

허허벌판에 변소가 어디 있겠어요?

그러니 그 사람들의 기생충이 묻어 있지는 않을까요?"

누이가 계속해서 나의 한국어를 교정해 주었다.

"요즘 변소라는 단어도 안 써. 화장실이라고 하지."

"예?"

내가 어렸을 때는

뒷간 간다고 하기도 했다.
그놈의 뒷간은 어디로 가고,
언제부터 화장도 안 하는 남자가
화장실에 가게 되었단 말인고?

말이라는 것은 우리의 생각과 감정을
다른 사람에게 보여주고 전달하는 매체이다.
그것은 시대, 장소, 상대, 환경에 따라
달라지게 마련이다.
시대에 뒤처지지 않는 사람은 그것을 곧 파악하고
남과 교류할 때 어긋나지 않아야 할 것이다.

그런 것쯤 알기는 알겠는데,
나처럼 머리가 희다 못해 빠져 가는 사람은
창피당하지 않으려면 엄청난 노력을 해야 할 것이다.
원체 초등학교는 못 다녀 보았고,
그저 '국민학교'를 다녔기 때문이다.

남자, 특히 유명 정치인은 왜 불륜을 저지르나?

김정일 정권이 막바지에서

최후적 brinkmanship을 발휘하는데,

김대중, 노무현 정권 시절 맘대로 가지고 놀던

남한 정부가 이제야 잠에서 깨어 나는지,

무조건적 상납을 거부하며 강력한 자세로 맞서려 하고,

미국은 이번 기회에 박살을 내 볼까 생각도 들 만해서

마치 천둥번개 옆 동네 일인 줄만 알다가

내 머리에 벼락이라도 떨어지지 않나 싶은

긴장된 순간들이 계속되는데,

갑자기 신문에서는

샌퍼드라는 주지사의 행방불명에 이어

불륜의 이야기가 대서특필로 실린다.

생각해 보니, 유명한 정치인들 중에

스캔들에 휘말린 사람이 정말 많다.

조지 워싱턴도 풍문에 따르면,

애인 만나러 밤중에 갔다가 갑자기 애인의 남편이 돌아오는 바람에

뛰쳐나와 비를 흠뻑 맞고 집에 와서 결국 폐렴으로 죽었다 한다.

루스벨트 대통령도 애인이 따로 있었고,

케네디는 하루도 새 여자 없으면 머리가 아파 업무를 못 보았다 하며,

우리도 잘 아는 클린턴은 그런 짓(?)까지 했다고 한다.

그 외에도 주지사, 국회의원 중에 불륜행각을 벌인

사람은 너무 많아서 다 쓸 수 없을 정도이다.

왜 사람들은, 아니 유명한 정치인들은

그렇게 어리석은 불륜을 저지르고

평생 이루어 놓은 정치 경력을 일조일석에 무너뜨리고 마는가.

생각해 보지 않을 수 없다.

첫째,

不倫 스님은 婚外情寺에 살고 계시다.

손가락에 쇠고랑 같은 반지까지 스스로 채워 가며

결혼이라는 것을 하지 않았으면

불륜은 존재하지 않는다.

한 남자가 여러 여자를 무어 무어 했으면

그것은 나쁘게 말하면 방종이고,

부러운 시선으로 보면 물건 사기 전에 썩 잘 고르고 다닌 것뿐

이다.

둘째,

不倫 스님은 凡人寺에 살고 계시다.

범부가 범부를 만나서

검은 머리 파뿌리 되도록 살겠다고

혼인 신고를 한 경우에 해당한다.

한글을 창제하여 후손들에게 최대의 문화유산을 남겨 준

위대한 세종대왕도 후궁이 최소 열한 명이었고,

조선 왕조 500년을 실질적으로 마감한, 나약한 임금이었다는

평을 듣는

고종도 명성황후 이외에도 최소 일곱 명은 더 있었다.

셋째,

不倫 스님은 대부분이 남성사男性寺에 계시다.

간혹 보살님이 不倫 스님에게 자기 치마를 들적거리는 적도 있지만

그 수는 많지 않다는 것이 속세의 일반적 견해이다.

스님 중에서도 정치를 잘해서 큰 절을 맡은

대주지스님들이 가끔 不倫 스님으로 변신하신다 한다.

긴 잡설 이제 그만하고…

왜 남자들은 바람을 피울까?

특히 성공한 정치인은?

바람피우는 남자에 대한 기사들을 여기저기 들여다보니

학설이 백구남발 구구하기 짝이 없다.

남성 호르몬 과다 분비론

남성 갱년기 현상 일부론

자고로 영웅호색 역사관론

유전인자 최종 결정론

미녀유혹 항거 불가론,

아담이브 원죄론

우월 남성 자기 과신론

축첩부전 외도 자전론

자본주의적 민주주의 퇴폐 현상론

나무아미타불 불가항력 인연론

아르젠친 마타하리 침투론

청운거사 운명론

불가사의적 부인론

MBC NBC CBS ABC 왜곡 보도론

민주당 공화당 서로 때려 잡기론

국가권력 남용 검찰 개새끼론

양안에 콩깍지론

불감증 부인 책임론

불 아래? 눈 없을 것론… 등등 끝이 없다.

그래서

나와 한솥밥을 수십 년 먹은 관계로

믿을 만한 재판관에게 물어 봤다.

대통령 될 꿈도 꾸었다는

샌퍼드 주지사는 왜 바람을 피웠을까요?

대답은 간단했다.
"남자들은 다 그래!"

헉!

그런데 성공한 정치인일수록 그렇다는데
이유가 무엇일까요?

이번에도 대답은 간단했다.
"정치인은 다 거짓말쟁이야. 잘난 놈은 더하구!"

여자의 직관적 결론은 여러 말을 필요로 하지 않는다.

문신

가끔 문신을 한 사람을 보면

흠칫 놀라곤 한다.

나는 문신을 아름답다고 느껴 보지 못했다.

하지만

문신을 한 사람들,

팔에, 등에, 어깨에,

여자의 경우 가슴 살짝 보이는 곳에,

또는 등 뒤, 또는 더 깊숙이 아래쪽에

문신한 사람들을

단 한 가지 이유로 부러워한다.

문신이란, 한번 하면

지우기가 새기기보다

어려운 것.

저 사람의 감정은

얼마나 확실하였기에

평생을 몸에 새기는 것을

주저하지 않았을까.

생각은 얼마나 단순하고 간결하였기에

남에게 주저 없이

선포하고 다닐 수 있는 걸까?

세월 따라 변해 가는

육체의 영원성을 얼마나

믿기에 저런 흔적을 그려 넣는 걸까?

팽팽하던 팔뚝의 근육이 흐물흐물해지고

봉긋하던 여인의 가슴이 축 늘어지면

그때 지금의 문신은 어떤 모습일까?

나는 그 용기, 그 단순성, 그 commitment를

높이 평가한다.

부러운 마음도 들고

약간의 존경심까지도 생긴다.

먹어도 될까?

자기 생일날은

어머니가 항상 햅쌀로 밥을 지어 주셨다는

가을철에 태어난 마눌은

햅쌀 나온 이후에는

묵은 쌀 먹기를 거부한다.

미국에서는 싼 게 쌀이니까

나도 구태여 반대할 이유는 없다.

북한에서는 아직도 하얀 쌀밥을 먹고 싶어

생일을 기다리는 아이들이 있다는 생각이 스쳐 가면

속으로 무척 미안하기도 하지만….

요즘 즐거움 중에 하나는 새들에게

식료품 가게에서 산 모이를 주고

그것을 먹는 새들을 보는 것이다.

각종 새들이 컴컴한 아침부터 어두워지는 저녁까지 쉴 사이 없

이 날아와서

각기 자기가 좋아하는 종류의 곡식을 먹는 듯하다.

어느 새는 콩을 좋아하고, 어느 새는 해바라기 씨를 좋아하고

어느 새는 좁쌀 같은 잡곡을 좋아하는 듯하다.

문득 우리가 먹지 않는 묵은 쌀 생각이 나서

묵은 쌀을 새 모이통에 넣고 나는 생각했다.

고맙지? 맛있지? 더 줄까?

그런데

그 하얀 쌀을

이 미국 새들은 잘 안 먹는다.

발로 끄적끄적 차서 땅으로 흐트러뜨리고

해바라기 씨,

별난 잡곡만 먹고 간다.

처음에는 괘씸하고 밉기까지 했다.

하지만

미국 도시에서 사는

미국 새들의 엄마는 방앗간에서 하얗게 껍질을 벗긴

쌀을 본 적이 없고,

그러니 새끼들에게 이건 먹어도 되는 것이라고
가르쳐 주지도 않았을 게다.

엄마가 가르쳐 주지 않은 건 먹지 않는
지혜가 있어야 생존하는 것이 자연의 원리이다.

사람도 먹을 것 못 먹을 것을
가려 먹어야 오래 살 것이다.

사람들의 경우
상한 음식을 가리기는 비교적 쉽다.
눈, 코, 혀가 말해 준다.
하지만 어떤 사람과 사귀고,
관계를 맺으며 살지를
깨달아 알기는 쉽지 않다.

잘 보이지도 않고, 냄새도 없고,
색깔도 분간하기 어렵기 때문이다.

우리 일생의 행복과 불행은

어떤 사람을 만나서 우리의 하나로 받아들이는가에

크게 좌우된다.

동행

우리는 다정한 연인마냥 두 손을 잡고 나란히 걸어 갑니다.

혹시 기우뚱, 한 사람이 발을 헛디디어 넘어질 수도 있기 때문입니다.

우리는 점심 저녁을 같이 앉아 네 것 내 것 없이 나누어 먹습니다.

씻어야 할 접시, 숟가락, 젓가락도 수가 적으면 적을수록 좋습니다.

우리는 하루 종일 말을 하지 않고 살아 갑니다.

할 말도 없고, 해도 소용 없고, 안 하고도 일상이 잘 돌아 갑니다.

우리는 혹시 전화가 울려도 벌떡 일어나 받지 않습니다.

나를 필요로 하는 사람은 다시 걸 것이고, 내가 꼭 필요한 사람은 옆에 앉아 있기 때문입니다.

우리는 골프를 치고 땀 흘리며 들어 오게 되면 기다리지 않고 샤워를 합니다.

　차례대로 해도 좋고, 기다렸다 해도 좋고, 같이 해도 좋고, 아무래도 좋습니다.

　우리는 자다 깨어 옆에서 코고는 소리가 진동하면 안심이 되어 잠이 잘 옵니다.

　아직 살아 있구나, 내일 아침에는 정신이 좀 맑고 기분이 상쾌하겠구나 합니다.

　우리는 아침에 일어나서 한 사람은 커피를 마시고 한 사람은 엽차를 마시며 따로따로 행복합니다.

　언제부터인가 눈을 뜨고 아침 햇살을 바라보는 날이 생일인 것을 알게 되었답니다.

　아 참, 오늘은 우리가 결혼한 지 53번째가 되는 날입니다.

　필라델피아에서의 그날이 1968년 7월 20일이었으니까요.

　이렇게 살다 보니, 옆에 있는 사람이 고맙기도 하고, 당연하기도 하고,

　밉기도 하고, 할 수 없지 하기도 하고, 필요하기도 하고, 귀찮기

도 하고,

신통하다가도, 덜됐다 싶기도 하고, 다행이다 싶기도 하고, 억울하기도 하고,

누가 그랬던가요. 친구가 따로 있나, 길 가다가 만나서 같이 가는 게 친구이지, 라고.

천생연분이 따로 있나, 어쩌다 맺은 인연을 끊지 않는 게지, 라는 생각도 듭니다.

요 며칠 무척 더웠고, 오늘도 섭씨 35도를 예보합니다.

자동으로 물이 나오는 스프링클러만으로는 부족할 듯,

오늘은 아마 잔디에 손으로 물을 더 줘야 할 것 같네요.

결혼해서 같이 살다 보면 때때로 물을 더 주어야 할 날도 있겠지요?

나눔

어쩌다 살아 온 날들을 돌아 보는 시간이 오면,

예를 들자면, 한 해를 정리하는 연말 또는

요즘처럼 세금 계산해서 보고해야 하는 시절이 오면,

참으로 나는 많은 축복을 받고 살아 왔다는 생각이 든다.

달랑 백 달러 들고 오긴 했지만,

미국 유학을 온 이후로

내 친구들이 거의 다

접시 닦기, 남의 집 잔디 깎기,

하다못해 그 어려운 택시 운전까지 하면서

학교에 다녔는데, 나는 그런 일을

하지 않고 학업을 마칠 수 있었다.

살다 보니 이제는

의식주 걱정 없고,

자식들을 원하는 학교에 다 보내 주었고,

나도 큰 병 없이 매일매일 활동하며 지냈다.

그렇게 살아 오면서 많은 사람들로부터

받은 것은 이루 셀 수도 없다.

그리하여,

이제는 남에게 갚아야 할 시간이 되었다는 생각이 든다.

하지만

누구에게, 어떤 방법으로?

여기에 약간의 애로가 있다.

그 약간의 애로라는 것은 사실은

아직도 나에 대한 욕심,

나에 대한 미련이 남아 있기 때문인 것은

말할 필요도 없겠다.

주는 것은 주는 것,

무조건 주면 좋은데…

그것이 쉽지 않다.

해비타트(Habitat for Humanity), 국경없는의사회(Doctors without

Borders),

케어(Care), 미국심장협회(American Heart Assn) 등등에

그래도 매년 조금씩이나마 보내고는 있지만,

기부금의 90퍼센트가 운영비로 나가고

실제로 필요한 사람에게 돌아가는 몫은 10퍼센트뿐이라는 사실이

마음에 걸리는 것이다.

그렇다고 빌 게이츠처럼 돈이 엄청 많아서

세계를 상대로 일을 벌일 수도 없고,

테레사 수녀님처럼 헌신적으로

몸으로 100퍼센트 나를 줄 수도 없다.

그렇다면 단 하나의 방법은

내가 아는 작은 기관이나 개인에게

물질이든 마음이든

기회 있을 때마다 나누어 주는 일이다.

그런데 이것도 마음대로 안 된다.

왜냐하면,
내가 주는 사람은 '받을 만한' 사람이어야 한다는
나의 어리석은 욕망이 있기 때문이다.
장학금을 주었는데, 공부를 못하다니!

내가 주는 사람은 내가 준 것으로 '잘되어야 한다'는
우스꽝스러운 기대가 있기 때문이다.
사업 잘하라고 도와 주었더니, 아직도 가난하다니!

내가 주는 사람은 나보다 검소해야 한다는
나의 미련이 있기 때문이다.
아끼고 모아서 주었더니, 저렇게 돈을 함부로 쓰다니!

내가 주는 사람은 감사할 줄 알아야 한다는
나의 염치 없는 허영심 때문이다.
그렇게 잘해 주었는데, 땡큐 메일 하나 없다니!

결국 나의 베풂은 나의 자기중심적 '조건'
그것들 때문에
베풂도 아니고, 베풀어지지도 않고,

베풀어 보았자 선행 축에도 끼지 못한다는

결론밖에 나오지 않는다.

조건 없는 선행은

성자들의 몫,

나 같은 속인에게는

요원한 이야기인 듯하다.

두만강에 떠내려 가는 시체를 찍은 사진을 보며

한반도와 만주를 가르며 흐르는 두만강.

그 강은 항일 독립 투쟁에 뜻을 둔

많은 애국지사들이 만감을 가슴에 품고 건너 간

민족의 한이 담긴 강이다.

어느 날 극단원의 일원으로

두만강 유역 한적한 여관에 투숙했던

이시원이라는 청년은

옆방에서 들려오는 한 여자의 오열에

가슴이 저려와 밤잠을 설쳤다.

다음 날 사연을 물어 보니

독립군에 가담하기 위해 떠난

남편을 찾아 두만강까지 왔는데,

이미 전사했다는 소식을 들었다는 것이었다.

"두만강 푸른 물에 노 젓는 뱃사공

흘러간 그 옛날에 내 님을 싣고

떠나간 그 배는 어디로 갔나

그리운 내 님이여

그리운 내 님이여 언제나 오려나"

그날 밤 장성일이라는 소녀 가수가

이 노래를 처음으로 불렀고

객석에서는 재창 삼창 요청에 눈물을 끝없이 흘렸다.

훗날 이시원은 레코드 회사를 운영하는 김정구를 찾아 갔고,

이야기에 감동한 김정구는

김용호에게 부탁해 2절과 3절을 보완했다.

그리하여 박시춘 곡 김정구 노래가 만들어지게 되었다는 것이다.

이후 오랫동안 한국 땅에서 이 슬픈 노래를

들어 보지 못하고 자란 사람은 거의 없을 것이다.

80여 년이 흐른 지금

유유히 흐르는 두만강은

아직도 눈물의 강이다.

다만, 이제는

같은 민족의 비인도적인 정권의

피눈물 폭정으로

배고픔을 견디다 못해

건너가는 그 강,

건너가다 동족의 총에 맞아 죽는

그 강,

두만강이 그 강이다.

여름 한철에

둥둥 떠내려오는 한 품은 시체,

그들을 감시하려고

땅에 굴을 파고 숨어서 기다리다

총질하는 사람들….

그 모두가 우리의 형제이다.

3년간 벌어진 한국전쟁의 민족상잔보다도

더 끈질긴 민족 대 민족의 싸움이

어제도 오늘도 계속되고 있다.

그러는 사이에 굶어 죽어 가는
수많은 생명들, 생명들….

냉정한 국제 권력 투쟁에 말려들어
영원한 친미도, 영원한 친러도,
영원한 친중, 친일도 있을 수 없다.

내 형제들이
한 많은 두만강에
눈물을 흘리지 않고,
시신으로 떠내려 가지 않을 길은
어디에 있는가?

아버지 어머니 아들 딸
소박하게,
자유롭게,
풍성한 음식상 앞에 놓고
웃으며 살 수 있는 길은
어디에 있는가?

결혼식 주례사는 이랬으면

요즘 한국 결혼식 풍습에

마음에 안 드는 점이 몇 가지 있는데,

그중 하나가

아무도 듣지 않고, 듣기도 어려운

소란스러운 분위기 속에서,

길게, 길게 늘어 놓는

주례하는 사람의 축사 또는 훈시다.

가톨릭 예식에서 하나 좋은 것은

이미 많은 사람이 정성들여 만든 글/성경 구절을

신부님이 장례식이나 결혼식장에서

그냥 읽어 주는 것이다.

그때그때 생각나는 대로 읊어대는

개신교 목사들의 즉흥 설교보다

훨씬 좋게 들리는 때가 많았다.

dding Feast. Korea.

어느 친구가 보내 준 글 하나를 읽으며

이런 것을 간단히

차분하게 읽어 주는 것으로 대신하면

주례사도, 신랑 신부도, 손님도 고생 안 하고

좋지 않을까 생각이 들었다.

그런데 이것도 좀 길다는 생각이 드는 것이

빨리 끝내고 점심 먹으러 가야 하니까 말이다.

부부란

부부란
반쪽의 두 개가 아니고
하나의 전체가 되는 것입니다.

한 몸이 된다는 '결혼서약'은,
두 개의 물방울이 모여 한 개가 된다는
의미입니다.

부부는 가위입니다.
두 개의 날이 똑같이 움직여야 가위질이 됩니다.

부부는 일체이므로 주머니가 따로 있어서는
아니 됩니다.
부부는 주머니도 하나여야 합니다.

부부란

상대의 실수를 한없이 흡수하는 호수입니다.
'부부 싸움은 칼로 물 베기'이니까요.

좋은 남편은 귀머거리요,
좋은 아내는 소경입니다.
좋은 남편은 골라서 듣고,
좋은 아내는 골라서 봅니다.

좋은 남편은 고개로 사랑하고
좋은 아내는 눈으로 사랑합니다.
부부는 해묵은 골동품과 같습니다.

부부의 사랑이란
꽤 '오래 뜸을 들인 후에야 성숙'해집니다.

아내의 인내는 남편을 살리고
남편의 인내는 아내를 명예롭게 합니다.

'부부 생활이란 긴 대화'입니다.
결혼 생활에는 견습 기간이 없습니다.

부부 생활에는
‘five bear(곰 다섯 마리)’가 있어야 한다는
말이 있습니다.

‘a bear’(곰 한 마리. bear의 또 다른 뜻은 ‘참는다’)와
‘four bear’(곰 네 마리, for bear와 발음이 같다)가
합쳐져 곰 다섯 마리인 것입니다.

결국 부부 생활은
참고 또 참는 길만이 최선이라는 의미입니다.

지금 우리가 살고 있는 21세기 초엽은
‘신경을 극도로 자극하고 정신을 초조하게
만드는 시대’입니다.

우리가 살고 있는 이 시대는
‘피곤한 시대’입니다.

아내가 남편의 안식처가 되고,
남편이 아내의 안식처가 될 때

비로소 가정은 평화의 공간이 되는 것입니다.

우리가 살고 있는 이 시대는
'개성을 상실하기 쉬운 시대'입니다.
개성이 인정되지 못할 때 사람은
불행해지는 것입니다.

하느님께서 하와(이브)를 만드실 때
'아담의 갈비뼈'를 뽑아 재료로 삼으셨는데
갈비뼈는 팔 밑에 있으니 보호의 뜻이 있고,
심장과 가까우니 사랑의 이미지가 있습니다.

갈비뼈가 나란히 줄지어 있는 것도
동고동락하며 나란히 걸어 가라는
의미의 적절한 선택이었을 겁니다.

결혼은 사랑의 만남이고,
자녀는 사랑의 열매이며,
가정은 사랑의 온상이고,
'부부 싸움은 사랑의 훈련'입니다.

검은 머리 파뿌리 되도록

사랑과 믿음으로 백년해로하시기 바랍니다.

보스턴 미술관

어제 보스턴 미술관(Boston Museum of Fine Art)에 갔다.

노인이라고 입장료를 2달러 할인해 주지만, 일인당 20달러는
적지 않은 금액이다.

워싱턴의 스미스소니언 박물관은 모두 무료인데 하는 생각이
절로 났다.

하기야 요즘 점심 한 끼에 20달러도 쓸 수 있다는 걸 감안하면
꼭 비싸다고만 할 수는 없겠다.

정문으로 들어 가자 이층으로 올라가는 층계가 있는데

무엇보다도 놀라운 것은 양쪽에 죽 늘어서 있는

중국의 커다란 항아리, 사자상, 조각들이다.

중국과 일본의 미술품은 너무나 많고 다양하다.

어디에서 저런 작품을 수집해 왔나 하는 생각에 이어,

중국 문화·역사의 거대함에 감탄하지 않을 수 없다.

국민학교 다닐 때, 우리는 찬란한 문화의 민족이라고 배웠는데,

이런 세계적인 미술관이나 박물관에 가 보면
우리의 것은 너무 적고, 초라하고, 후진적이라는 느낌을 금할
수 없다.
중국은 그렇다 해도 우리가 왜놈이라고 부르는 일본은 어떤가.
하다못해 황량한 벌판의 나라, 가난한 나라라고 생각하는
티벳과 네팔의 유물들도 비교할 수 없이 정교하다.

그래도 애국심에 한국 방이 있냐고 물었더니 있다는 것이다.
그럼 그렇지 하고 어디로 가느냐고 물었더니
올해 가을에나 만들어질 예정이란다.

미술관에 와서 그림, 조각 등을 보면서도
한국에 대한 미련을 떨치지 못하는 것은
내가 아직 그만큼 세계인이 되지 못했다는 뜻이기도 하고,
골수에 심어진 애국심을 버리지 못하고 늙어 가고 있다는 증거
이기도 하다.

필라델피아 미술관에는 한국 미술품을 전시한 방이 있다던데,
언젠가 꼭 찾아가 봐야지 생각했다.

입장료가 있어서 그런지 보스턴 미술관은 복작이지 않아서

천천히 조용한 시간을 가지기에는 참 좋은 곳이었다.

아이러니

세계를 전쟁으로 몰고 들어 간,

그리고 600만 명의 유대인을 포함해서

수많은 사람을 죽인 독일의 히틀러가 전쟁 초기

절대로 사람 사는 도시는 폭격하지 말라고

명령을 내렸는데도 불구하고

방향을 잃은 폭격기가 단순한 실수로

런던에 폭탄을 투하하고,

영국의 처칠은 즉시 보복하고,

그 후로는 쌍방이 무차별 폭격을 가해

전 유럽의 도시가 초토화되고

죄 없는 시민들을 죽음으로 몰아 넣었다는

이야기를 돌아 보며

역사에는 참 많은 아이러니가 있다는 생각이 든다.

*

들을 때마다 부를 때마다 애국심을 불러 일으키는 애국가의 가사를 썼다고 하는 윤치호는 감옥생활을 못 참고 변절한 후, "묻지 못할 거면 짖지도 말라!" 하면서 친일파로 살다가, 해방 후에 내가 애국가 작사가라고 하면 사람들이 애국가를 부르지 않을 터이니 절대 알리지 말라는 말을 유언처럼 남기고 죽어 갔다는 거.

*

스코틀랜드 민요 〈올드 랭 사인Auld Lang Syne〉의 곡조에 노랫말을 붙여 부르던 애국가를 지금의 〈애국가〉로 작곡한 안익태를 기념하는 도로가 스페인에 있는데, 그 길 이름은 안익태의 일본 이름인 에키타이라는 거.

*

우리가 존경하는 안중근 의사는 이토 히로부미를 죽이며 대한제국을 위해 목숨을 초개같이 버리고 꿋꿋이 죽어 갔지만, 결과적으로는 온건파 이토 히로부미가 죽자 과격 무단정치를 강행한 데라우치 마사타케가 총독으로 오게 되어 한국인들은 더 많은 고통을 받게 되었다는 거.

*

한일합병을 어찌 해야 할 거냐고 고종이 물으니 '불가불가'라는 애매한 소리를 해 그것이 불가불 가하다는 것이냐, 절대 불가라는 소리냐 하는 의문을 남기고, 결국 일본 천황으로부터 자작 직위를 받았던 김윤식, 마침내 1919년에 독립청원서를 일본 총독에게 보내며, 길거리에서는 사람들이 총에, 칼에 쓰러지는데, 자기는 방 안에서 만세를 부르노라 했던 김윤식은 결국 자작 직위를 박탈당하고 감옥살이를 했다는 거.

*

숭고한 평화적 투쟁정신을 설파한 독립선언문을 쓴 최남선은 그 독립선언서에 서명하기를 거부하고, 자기는 학자이니 독립만세 운동에 참여하지는 않겠다고 피하며 많은 학문적 업적을 남겼지만, 친일파라는 낙인을 면치 못했다는 거.

*

단일민족이라 했던 우리나라, 조선 왕조의 최후에 그 이름을 대한제국이라 하고 '황제'의 타이틀을 가졌던 고종의 직계 후손 영친왕도, 또 그의 아들 이구도, 한국 땅에 발을 디뎌 보지도 못한 외국 여성을 아내로 맞아 살다 갔다는 거.

엄숙한 역사도 자세히 알고 보면

너무 미미하고 우연한 사건이

결정적인 결과를 초래하며,

그 사이에 끼여 울고 웃는 인간들의

아이러니한 생으로 슬프게 얼룩져 있다.

류승균의 자화상

나는 화가 류승균을 만나 본 적도 없고, 전화로 통화해 본 적도
없다.

인터넷에 올린 글을 시작으로 이메일을 주고 받았을 뿐이지만

동시대를 산 사람으로 크게 공감이 가는 바가 있었다.

여기 그분의 이야기는 그가 죽었을 때 인터넷에 올린 글이다.

나의 솔직한 마음을 적은 것이고,

구태여 익명이 아닌 실명을 쓴 것은

그 사람이 나무라지 않을 것이라는 생각에서이다.

어떤 화가든 그가 화폭에 담게 되는 것은

그가 살았던 시대와 그의 삶의 이야기이다.

류승균의 회화에는 삶의 내력을 험하게 경험한 사람만이

느낄 수 있는 희로애락의 색깔이 자리 잡고 있다.

작가 자신이 겪었던 삶에서 추출된

슬픔과 고통과, 굴절된 욕망은 그로테스크한 체험이 화면에 여
실히 드러나 있다.

그는 가난, 일벌레, 사업, 도산 등

하류 인생에서부터 상류 인생까지 모두 경험했다. 그렇기에

그의 작품은 위기감, 상실감, 절망감으로 점철되어 있고,

드로잉 또한 인간의 형상을 왜곡한 것이 대부분이다.

특히 오일, 아크릴, 신문지, 지점토, 철사 등 다양한 오브제로 그려낸

〈유혹〉, 〈죽은 꽃〉의 연작들과

대표작 〈프로크루스테스의 침대〉 등은 '권력'(힘), '자본'(돈) 등

우리 시대의 치부를 파헤쳐 놓은 것이며 그에 대한 저항이기도 하다.

류승균은 어느 유파에도 속하지 않은 작가이다.

그리고 화단 활동의 전력이 전혀 없는 작가이다.

그러나 아이러니하게도 그게 그의 힘이다.

순박함이 미덕이 된 것이다.

너무나 순박하기에 소외되었으나,

그 순박함이 그의 미술 세계를 지탱하는 하나의 힘이 된 것이다.

칠순을 바라보는 적지 않은 나이에도 불구하고

예술적 개성은 30대의 청년 작가 못지않다.

미술사화 화단의 시류와 동떨어진 채 개별적인 미술관을 견지해 온 작가는

보편적인 미술관觀에 대한 전복적인 상상력을 마음껏 휘두르고 있다.

류승균의 회화는 솜씨가 매끄럽지 못하지만, 그 솜씨는 문제가 되지 않는다.

강한 개성과 삶의 처절한 모습이 아주 진지하게 구사된 처녀림 같은 느낌을 주는 그 무엇이

매끄럽지 못한 솜씨를 덮어 버리는 것이다.

우리 시대가 몰랐으나 알았으면 좋았을 화가 류승균.

늙으며 마음에 새겨야 할 것들

鄭澈의 시조 하나가 생각난다.

이고 진 저 늙은이 짐 벗어 나를 주오

나는 젊었거늘 돌인들 무거울까

늙기도 서럽거늘 짐조차 지실까

늙기도 서럽겠지만, 어찌 이리도 깨닫고,

지켜야 할 것들이 많다는 말이냐.

— 〈계로록戒老錄〉에서

- 노인이라는 것은 지위도 자격도 아니다.
- 가족끼리라면 아무 말이나 해도 좋다고 생각하지 말 것.
- 한가하게 남의 생활에 참견하지 말 것.
- 남이 해 주는 것을 당연하다고 생각하지 말 것.
- 신세타령을 해서 좋을 것은 하나도 없다.
- '삐딱한 생각'은 용렬한 행위. 의식적으로 고칠 것.
- 무슨 일이든 스스로 해결하는 습관을 가질 것.

- 의사가 매정하게 대한다고 서운하게 생각하지 말 것.

- 일반적으로 자기가 옳다는 생각은 버릴 것.

- 죽은 뒤의 장례나 묘소에 관한 걱정은 하지 말 것.

- 늙었다는 이유로 대접받으면 반드시 감사를 표할 것.

- 남에게 일을 시켰으면 나서지 말고 조용히 지켜볼 것.

- 손자들이 무시하는 경우를 보더라도 심각하게 여기지 말 것.

- 잘 잊어 버리거나, 다리 힘이 없다는 것을 핑계 삼지 말 것.

- 70을 넘긴 나이에는 선거에 출마하거나 교단에 서려고 애쓰지 말 것.

- 새로운 기계가 나오거든 열심히 배우고 익히도록 노력할 것.

- 입 냄새, 몸 냄새를 조심하고 향수를 종종 쓸 것.

- 화초만 가꾸지 말고 머리를 쓰는 일도 해야 치매를 예방할 수 있다.

- 자기가 사용하던 물건들을 버리는 습관을 들일 것.

- 자신의 옛 이야기는 대충대충 끝낼 것.

- 스스로 돌볼 수 없는 동물은 기르지 말 것.

- 러시아워의 혼잡한 시간대에는 이동하지 말 것.

- 신변소품은 늘 새로운 것으로 교체하고 낡은 것은 버릴 것.

- 가까운 친구가 죽더라도 태연할 것.

- 늙어 가는 과정을 자연스레 받아들이고 최후를 자연에 맡길 것.

붓 가는 대로

1판 1쇄 2026년 4월 15일

지은이 | 송영달

펴낸이 | 류종필
편집 | 이정우, 노민정, 권준, 이은진
경영지원 | 홍정민
교정교열 | 오효순
디자인 | 석운디자인

펴낸곳 | (주) 도서출판 책과함께
　　　　주소 (03961) 서울시 마포구 방울내로 9길 24 동주빌딩 202호
　　　　전화 (02) 335-1982
　　　　팩스 (02) 335-1316
　　　　전자우편 prpub@daum.net
　　　　블로그 blog.naver.com/prpub
　　　　등록 2003년 4월 3일 제2003-000392호

ISBN 979-11-94263-04-3 03810